KB144578

행성B 산문 시리즈 쓰는 존재

경계에서의 글쓰기

오민석 산문집

행성B

차 례

유쾌한 상대성을 위하여

2부 사랑은 의지다

사랑의 재발명

잘 살 권리와 사회적 사랑

내가 밥 딜런을 좋아하는 이유

책을 내며

경계에서 말 걸기

글쓰기에 여러 가지 어려움이 있지만, 그중의 하나는 누구를 '잠재적' 독자로 상정할 것인가이다. 이 책에 실린 모든 글은 최근 5년여에 걸쳐 《중앙일보》 '삶의 향기'라는 꼭지에 연재한 것들이다. 분단 이후 한국 사회는 소위 '진영 논리'가 갈수록 심해져서 매체마다 문을 꼭 닫고 자기들의 언어로 자기들끼리만 소통하는 문화가 지배적이 되었다. 이제 '이쪽'의 '내'가 '저쪽'의 사람들한테 말을 거는 것은 서로에게 거의 불가능해 보인다. 이런 상황 속에서 한국 사회에 가장 긴요한 것은 각 경계(진영)에서 다른 경계에 말을 거는 행위이다. 《중앙일보》는 오랫동안 나에게 이런 중요한 공간을 주었다. 나는 가능한 한 합리적인 언어로 나와 다른 생각을 가진 사람들과 대화하려고 애썼다. '경계에서의 글쓰기'라는 이 책의 제목은 이런 의도에서 나온 것이다. 우리는 이제 각자 자신의 동굴에서만 놀지 말고 서로 말을 섞어야 한다. 그 어떤 이념도, 사상도, 경계 너머의 소통을 하지 못하면 무용지물이다. 동네북을 아무리 쳐봐야 그 소리가 다른 동네로 퍼지지 않는다면 그 울림은 그들만의 잔치에 지나지 않을 것이다. 이 책에도 나오지만 《오리엔탈리즘》의 저자인 에드워드 사이드는 경계 너머로 자신을 계속 추방하는 것이 지식인의 임무라고 하였다. 인간 세상에서 완벽한 것이란 없으므로 인문학은 안주를 거부하고 이 세계에 대하여 계속 질문을 던지고 따지는 '쇠파리'가 되어야 한다는 이야기이다. 그러나 경계 너머로 자신을 계속 추방하는 것의 최종 목표가 고독한 수도원이 되어서는 안 된다. 경계를 넘을 때마다 우리는 서로 다른 경계가 마주치는 공간에 다다른다. 그곳이야말로 언어와 생각이 섞이는 곳이고, 사상과 실천이 맞부딪치는 곳이다. 그러나 그곳에서는 '우리' 동네에서만 사용하는 방언을 버려야 한다. '다른' 동네의 사람들이 알아들을 수 있는 언어로 '공통적인 것(the common)'을 건드릴 때에야 비로소 경계가 무너지고 섞여야 할 것들이 섞인다. 훌륭한 집단 지성은 그런 '섞임'의 공간에서 만들어진다. 동네북만 두드려봐야 그 동네만 시끄러울 뿐이다. 자기들만의 잔치는 잔치가 아니다. 잔치에는 이런 저런 사람들이 뒤섞여야 하고 구경꾼이 많을수록 좋다. 그렇다고 해서 어떤 중심도 없이 허공을 떠도는 언어로 경계 너머의 사람들과 대화할 수는 없다. 누가 자기를 버리라 했는가. 자기를 버리지 않되 지역어로 말하지 않고 '공통적인 것'의 언어로 말할 때, '자기'와 '타자'는 서로를 경청하게 된다. 이것이 '다름'을 인정하는 대화의 기초적인 방법이다.

이런 목표에 견주어볼 때 이 책에 실려 있는 글들이 많이 부족한 글일 수도 있다. 그러나 내가 5년여에 걸쳐 《중앙일보》에 이 글들을 연재할 때, 나와 생각이 다른 수많은 독자들이 내 생각에 깊이 공감하고 열띤 반응을 보여준 것을 나는 잘 기억하고 있다. 분명히 자신들과 전혀 다른 내 목소리에도 경청과 응원의 자세를 보여주는 독자들을 보면서 나는 깊은 감사를 느끼는 동시에 하나의 새로운 가능성을 보았다. 적어도 진실한 독자라면 반발의 여지가 없는 글에 대해서 억지 반발을 하지는 않는다. 반대로 아무리 좋은 생각일지라도 '비난'과 '공격'만을 앞세울 때 절대로 '공감'과 '동의'를 이끌어낼 수 없다. 공공 매체에서 우리 시대가 필요로 하는 글은 '핏대'를 높이는 글이 아니라, 진심과 사랑과 합리성으로 타자를 존중하며 설득하는 글이다. 그렇다고 해서 '양비론'을 권장하는 것은 절대 아니다. 내 글을 읽어본 독자라면 알 것이다. 나는 절대로 양비론자가 아니며, 양비론이야말로 가장 무책임하고 나태한 정신의 표현이라고 생각한다. 선명하되 상대를 불쾌하게 만들지 않으며, 옳은 것을 옳다고 인정하게 만드는 글이 훌륭한 글이다. 이 책의 글들은 이런 식의 글쓰기를 목표로 쓴 것들이다. 이 글들이 이 목표에 어느 정도까지 부합하는지의 여부는 독자들이 판단할 문제이다.

나는 시인이고 평론가이고 인문학자이다. 필요에 따라 다양한 장르의 글을 골라서 쓴다. 시로 이야기할 것이 있고, 평론으로 이야기할 것이 있고, 학자로서 이야기할 것이 있다. 이 책의 산문들은 대부분 '칼럼'으로 썼다. 일간지의 칼럼이 가져야 할 원칙들이 있다. 일단은 광범위한 독자층을 배려하여 '제멋대로' 글을 쓸 수 없다. 지나치게 전문적이어서도 안 되지만, 하나 마나 한 뻔한 소리를 해서도 안 된다. 일간지의 엄청난 영향력을 고려할 때 그런 소리들로 채우기에는 지면이 너무 아깝기 때문이다. 개인적으로는 한국 대중매체의 수준이 지금보다 훨씬 더 높아져야 한다는 생각을 가지고 있다. 일간지의 독자들도 '지적 자극'을 받을 권리가 있기 때문이다. 이제는 고전이 되어버린, 만만치 않은 난이도를 가지고 있는 마르크스의 〈임금노동과 자본〉이라는 글도 그 먼 19세기에 일간지에 연재한 것이었다. 롤랑 바르트의 《신화론》도 매체에 연재되었던 짧은 글들의 모음이다. 나는 늘 대중성과 전문성의 '경계'에서 글을 썼다. 나는 또한 '수사(修辭)'를 중시하는 글쟁이이다. 아름답고 매혹적인 글을 쓰려 애썼다. 그러나 칼럼이라는 장르 때문에 '수사'와 '내용' 사이의 '경계'에서 늘 긴장하지 않으면 안 되었다.

이 책이 주로 칼럼의 장르로 쓰였지만 '산문집'이라고 불러도 무리가 아닌 것은, 이 글들의 꼭지가 다름 아닌 '삶의 향기'였기 때문이다. '삶'에는 그야말로 온갖 것이 다 들어 있다. 정치도, 사랑도, 윤리도 있고, 언어도, 미술도 있고, 문학도, 음악도 있다. 꼭지의 특징상 나는 소재에 구애받지 않고 다양한 이야기를 할 수 있었다. 칼럼 사상 유례가 드물게 긴 시간 동안 이 모든 '말놀이'의 공간을 제공해준 《중앙일보》에 이 자리를 빌려 깊은 감사의 말씀을 전한다. 게다가 《중앙일보》는 나의 '말놀이' 규칙에 그 어떤 제재도 간섭도 하지 않았다. 나는 내가 원하는 대로 '경계에서의 글쓰기'를 할 수 있었다. 이 점에 대해서도 다시 감사드린다. 돈이 안 될 책을 선뜻 출판하기로 결정해준 도서출판 행성B의 임태주 대표님께도 깊은 존경과 감사의 인사를 드린다. 이제 마지막으로 감사드릴 분들이 있다. 그분들은 바로 이 책을 읽으실 '잠재적' 독자분들이다. 세상은 잔혹하지만 아름다운 풍경이기도 하다. 이 아프고 슬프고 아름답고 사랑스러운 정경을 함께 나누고 싶다.

먹실 산방에서

오민석

1부 바깥을 사유하라

누가 공화국을 어린애로 만드는가

영웅은 없다

아리스토텔레스에 의하면 비극의 주인공은 '훌륭한 사람'이어야 했다. 그가 말하는 훌륭한 사람이란 결함이 없는 인품의 소유자가 아니라 사회적 신분이 높은 사람을 의미한다. 가령, 노예나 평민보다는 (오이디푸스 같은) 왕이 죽어야 비극의 규모와 강도가 커지고, 관객들에게 '공포와 연민'이라는 비극적 감정을 효과적으로 불러일으킬 수 있기 때문이었다. 아리스토텔레스의 이런 원칙은 잘 지켜져서 먼 고대에서부터 셰익스피어의 르네상스 시대에 이르기까지 문학작품의 주인공들은 거의 예외 없이 귀족들이었다. 영웅이 아닌 보통 사람들이 본격적으로 문학작품의 주인공으로 등장하기 시작한 것은 근대 이후의 일이었다. 영국에서 소설이라는 근대 시민 중심의 새로운 장르가 출현한 것도 18세기이다. 소설이라는 근대 시민문학이 부상하면서 영웅 중심의 서사시 시대는 끝났다. 따지고 보면, 문학뿐만이 아니라 역사의 새로운 주역으로 평민들, 보통 사람들, 근대 시민들이 출현한 지도 벌써 수백 년이 지났다.

그럼에도 불구하고 '다중(多衆, multitude)'의 시대인 21세기에 아직도 영웅 중심의 정치적, 사회적 '메시아주의'라는 유령이 우리 사회에 출몰하고 있다. 한국전쟁 이후 우리의 정치는 메시아 찾기의 역사에 다름 아니었다. 이승만, 박정희, 김영삼, 김대중, 노무현이라는 이름들은 숭배의 대상이었으며, 이들에 대한 '컬트(cult)'는 지금도 계속되고 있다. 숭배자들은 자신들이 흠모하는 대상 바깥에서의 사유(思惟)를 하지 않는다. 알튀세르의 말대로 "이데올로기는 그 내부에 모순을 갖고 있지 않다." 이데올로기의 모순은 그 바깥으로 나와야만 비로소 보인다. 이 정치적 메시아들의 바깥으로 나올 생각이 전혀 없으므로 숭배자들에게 이들은 절대적이고도 항속적인 진리의 담보자들이다. 친박, 친노, 친문, 친김 등의 용어들은 일종의 '초월적 기표(記標)'로서 그 아래 박, 노, 문, 김 등을 무오류의 성상(聖像)으로 섬기고 의지하는 신도들을 거느리고 있다.

정치만이 아니다. 수많은 사회 조직들, 공장, 회사, 학교, 종교단체도 꼭대기에 절대적 군주를 모시기에 급급하다. 피라미드의 꼭대기에서 명령이 떨어지면 명령의 적절성, 정당성, 합리성, 윤리성에 대한 고려 없이 전체 조직이 일사불란하게 움직인다. 하달만 있을 뿐, 아래로부터의 소통이 없는 조직에 불평거리들이 없을 리 만무하다. 그러나 대부분의 불평은 명령이 시달되고 실천되는 현장이 아니라, 술자리의 뒷담화로 소비될 뿐이다. 군주들에게 밉보였다가는 온갖 손해를 감수해야 할 뿐만 아니라, 최악의 경우 '잘릴' 수도 있기 때문이다. 그나마 저항의 힘은, 더 이상 잃을 것이 없는, 절박한 운명에 내몰린 사람들에게서 마지막으로 나온다. 그러나 그런 경우에도 절대 군주와의 싸움에서 승리하는 일은 거의 드물다.

문제는 21세기 현재는 영웅의 시대가 아니라는 것이다. 현대는 정치적 메시아의 시대가 아니라, '다중'의 시대이다. 다중은 수적으로도 압도적 다수를 차지할 뿐만 아니라, 영웅 중심의 그 어떤 '대서사(큰 이야기, grand narrative)'로 통합되지도 않는다. 다중은 개체들이면서 집단이고, 집단이면서 동시에 자유로운 개체들이다. 시대착오적인 정치적, 사회적 메시아주의는 다중의 "공통적인 것(the common)"(안토니오 네그리)에는 관심이 없고, 오로지 권력의 생성에만 집중한다. 그들이 내놓는 대부분의 정책은 공공선(公共善)의 외피를 입고 있지만, 실제로는 권력의 재생산과 더 밀접하게 연결되어 있다.

이제 초월적 기표로서의 '아버지들'과 헤어질 때가 되지 않았을까. 대문자 '아버지의 법칙' 대신에 다중의 이해에 복무하는 원리와 원칙을 고민해야 하지 않을까. 이번 선거가 증명하듯이 우리 사회는 이미 '아버지의 유령'에 저항하는 수많은 오이디푸스들을 생성하고 있다. 아버지의 권위로, 신화로 더 이상 소수 권력이 유지, 재생산되지 않는 시대가 점점 더 가까이 오고 있다. 심지어 사회의 최소 단위인 가정에서조차 아버지란 이름만으로 존경받던 시대는 끝났다. 영웅은 없다. 오직 다중만이 있을 뿐이다.

짧은 역사의 반격

1960년대의 경제개발 이후, 그리고 1990년대의 민주화 이후 한국 사회는 한때 자랑으로 가득 차 있었다. 세계에서 가장 짧은 기간에 경제성장과 민주화를 동시에 이루어냈다는 것이다. 산업혁명과 프랑스대혁명을 거쳐 서양이 수백 년의 유구한 세월에 걸쳐 이룩한 것을 불과 50여 년 남짓 짧은 기간에 이룩했으니 자랑할 만도 했다. 그것은 때로 자랑을 넘어 신화화되었으며, 이 신화 이데올로기는 우리 사회의 일부에서 여전히 통용되고 있기도 하다. 그러나 본래 신화는 허구이거나 소망의 상상적 충족에 불과하다. 세상에 '거저'는 없는 것이다.

진정한 의미의 경제적 성장은 적절한 수준의 분배를 동반할 때, '선진성'을 갖는다. 성장 자체는 근본적으로 불평등에 의존하고 있는 것이다. 올바른 분배가 '좋은' 성장을 완성한다. 성장의 과정에서 소외된 다수에 대한 배려가 없는 성장은 근본적으로 '후진적'이다. 긴 역사적 과정을 통해 성장한 국가들이 그 과정에서 생겨난 문제들을 수정하고 보강하는 과정에서 사회적 안전망을 튼튼하게 만들어나갔다면, 우리는 아직도 '분배', '평등'이라는 말에 지나칠 정도로 가위눌려 있다. '분배'를 거절한다면, 우리 사회가 경제적으로 '성장'했다는 사실도 거부하거나 거짓이라고 말해야 한다. 아직 충분히 성장하지 않았으므로 분배에 대한 논의를 지연시켜야 한다는 것이 반(反)분배론자들의 입장이기 때문이다. 적절한 분배란 무조건 다 같이 똑같이 나누자는 것이 아니라, '최소한'의 사회적 안전망을 만들자는 것이다. 한마디로 말해 돈이 없어서 밥을 먹지 못하거나, 치료를 제대로 받지 못하거나, 교육을 받지 못하는 일은 없어야 한다는 것이다. 고속 성장의 뒤안길에서 많은 사람들이 생존의 문제로 두려움에 떨고 있다. 생계를 해결하는 것만을 삶의 유일한 목적으로 만드는 사회는 얼마나 야만적인가.

정치 영역을 보면 더 말할 필요도 없다. 토론과 동의에 토대한 민주주의의 가장 기본적인 원칙도 잘 지켜지지 않는다. 이성도 합리성도 간데없다. 총선을 앞두고 정치인들이 보여주는 행태는 말 그대로 노골적인 '속물 쇼'이다. 정치적 대의와 그에 따른 정책은 거의 들리지 않고, 공천이 정치 행위의 유일한 목적이며 다수당이 되어 권력을 휘두르는 것이 그들의 유일한 존재 이유라는 사실을 이 시대의 정치인들은 아무런 위장 없이 보여준다. 이 뻔뻔스러움은 우리 정치의 '후진성'과 '저급성'을 보여주는 중요한 지표이다. 정치 영역의 퇴행성은 한국 사회를 저 아름다운 선진화의 세계로 나가지 못하도록 억류하고 있다. 이렇게 권력 기능만 남은 정치 행위의 근본적 연원은 무엇일까. 의외로 간단하다. '공중의 선(the public good)'을 망각한, 이름뿐인 공화정 때문이다.

우리 사회를 더 병들게 하고 있는 또 한 가지는 먹고살기도 힘든 판에 어느새 소비가 최고의 미덕이 되어버렸다는 데에도 있다. 이제 사람들은 생계 단위의 소비에서 만족하지 못한다. 오로지 과잉 소비 혹은 낭비 단계의 소비가 미덕인 사회에서 우리는 살고 있다. 사회는(엄밀히 말해 자본은) 생계 이상의 낭비 욕구를 조장한다. 지상 최고의 스마트폰을 소유하고 있다는 소비자의 만족감은 반년도 안 돼 새로운 모델이 나오면서 무참히 파괴된다. 보드리야르의 말대로 이 "쓸모없는" 낭비가 "경제라는 기관차에 힘을 주는 역할을 한다." 그런데 도대체 누구를 위한 경제란 말인가. 건전한 풍요 사회는 풍요로운 재물을 적절히 나눌 때 완성된다. 쓸모없는 낭비 때문에 가뜩이나 가난한 사회적 존재들이 더욱 가난해지고, 그로 인해 다른 한쪽은 더욱 부유해지는 사회는 겉보기와 달리 매우 취약하고도 '위험한' 사회이다. 사회적 소수인 '여분'의 집단이 사회적 다수인 '필요'의 집단을 배려하는 사회가 '건전한' 사회이고 '튼튼한' 사회이다.

짧은 시기에 많은 것을 성취했다는 우리 사회에는 전(前)근대적인 것, 근대적인 것, 후기근대(포스트모던)적인 것이 마구 뒤섞여 있다. 서둘러 우리 사회의 '전근대성'을 극복하지 않을 때, 짧은 역사의 반격을 피하기 어려울 것이다.

예외적 개인들의 책임

《숨은 신》의 저자인 루시앙 골드만은 문학을 "세계관의 표현"이라고 정의하였다. 그가 말하는 세계관은 개인이 아니라 "한 집단의 구성원들을 서로 결속시켜주고 다른 집단의 구성원들과 구별시켜주는, 사상과 소망과 감정의 복합체"를 지칭한다. 쉽게 말해 특정 집단은 다른 집단과는 상이한 '사상과 소망과 감정'을 가지고 있다는 것이다.

문제는 많은 경우 특정 사회집단의 구성원들이 자신들이 속해 있는 집단의 이해관계가 무엇인지를 잘 모른다는 것이다. 게다가 자신이 속해 있는 집단의 세계관, 즉 해당 집단의 사상과 소망과 감정을 제대로 '표현'할 수 있는 사람이 늘 소수라는 것이다. 골드만은 자신이 속해 있는 집단의 세계관을 고도의 일관성을 띤 형태로 표현할 수 있는 소수를 "예외적 개인들"이라 부른다.

중요한 것은 누가 공적 매체들을 소유하고 집단의 발언권(표현권)을 독점하고 있느냐는 것이다. 그들은 정치인일 수도 있고, 언론인일 수도 있고, 작가이거나 학자 혹은 종교인일 수도 있다. 어쨌든 그들은 평범한 대중이 아닌 소수이고, 그런 의미에서 '예외적 개인들'이다. 이 예외적 개인들은 표현의 '무기'를 가지고 있고, 그것으로 자신이 속해 있는 집단 혹은 계급의 이해관계를 '정확히' 대변한다. 그리고 이들에 의해 소위 '여론'이라는 것이 형성되고 유포된다. 여론이란 워낙 큰 우산 같은 것이어서 그 아래에 집단·계급·직업의 서로 다른 이해관계, 말하자면 '차이'를 배제하고 지운다. 이렇게 하여 권력을 가진 특정 집단의 이해관계가 마치 '대중'의 이해관계인 것처럼 포장되는 것이다.

문제는 두 가지 방향으로 발생된다. 하나는, 예외적 개인이 아닌 (적지 않은) 사람들이 자신들의 이해관계와는 전혀 다르거나 상반된 입장과 주장에 (그것이 마치 자신의 생각인 것처럼) 부화뇌동한다는 것이고, 다른 하나는 예외적 개인들 역시 자신들이 '대의'가 아니라 실은 '특정한' 집단이나 계급의 세계관의 대변자라는 사실 자체를 종종 망각한다는 것이다. 이렇게 하여 특정 집단의 이해관계가 다수 대중의 이해관계로 왜곡·변형되는 현상을 우리는 수많은 선거에서 목도한다.

그들이 전면에 내세우는 것은 이제나저제나 국가적 '대의'이지만, 속내는 다른 곳에 있는 경우가 많다. 대의라는 이름에 속아 넘어가는 것은 대중만이 아니라 그들 자신이기도 하다. 그들은 자신들이 속해 있는 집단과 이해관계에 철저히 복무한다. 무엇이 그들에게 해가 되고 득이 되는지 누구보다 잘 알고 있다는 의미에서 그들은 예외적 개인들이다. 그러나 그들은 '표현'의 도사들이기 때문에 절대로 자기 집단의 사적인 이해관계를 전면에 내세우지 않는다. 문제는 자신들이 내세운 '대의론'에 스스로 감동·감화되어 자신들이 마치 특정 집단의 이해관계를 넘어 국민과 국가를 위해 '헌신'하고 있는 것처럼 착각한다는 것이다.

《고리오 영감》, 《인간 희극》 등의 작품으로 프랑스뿐만 아니라 전 세계 리얼리즘 문학의 대표 작가로 알려진 발자크는 귀족의 신분을 선망하였고 정치적으로는 왕당파였다. 그가 활동했던 19세기 전반 프랑스는 봉건 귀족제도가 몰락하고 근대 시민사회가 도래하던 과도기였다. 말하자면 발자크는 몰락해가는 신분과 세계관의 소유자였던 것이다. 그러나 그는 모든 작품에서 몰락해가던 귀족 계급에 대한 연민과 이해관계를 표현하지 않았다. 그가 재현한 것은 봉건 귀족 몰락의 필연성과 근대 시민사회 도래의 필연성이라는 역사의 큰 흐름이었다. 많은 논자들이 그의 작품들을 '리얼리즘의 위대한 승리'라고 부르는 이유가 바로 여기에 있다.

정치 역학으로 볼 때, 예외적 개인들은 공적 개인들이다. 그들은 이미 많은 것을 소유하고 있다. 탈계급화를 통해 공공선(公共善)을 지향한다고 해서 크게 잃을 게 없다. 오히려 기득권 위에 '정의'라는 복을 하나 더 추가하는 셈이 될 것이다. 그런데도 제 밥그릇만 들여다보며 그것을 대의라 하면 될 것인가. 그들의 승리는 특정 집단의 승리가 아니라 공동체 전체의 승리가 되어야 한다. 위장하지 말고 펜(표현의 무기)의 방향을 돌려라.

부분의 위기, 전체의 위기

최근 입에 담기조차 힘든 흉악 범죄가 연속적으로 일어났다. 더구나 친족을 향한 상상 이상의 폭력 앞에 사람들은 경악을 금치 못했다. 세상에 어떻게 저런 일이 일어날 수 있느냐는 것이다. 그런데 딱 거기까지다. 범죄를 바라보는 대중의 시선은 "우째 저런 일이"라는 경악의 감탄사에서 앞으로도 뒤로도 더 나아가지 않는다. 그 정지된 사유의 지점에서 사람들은 자신들이 '상식' 안에 있으며, 범죄의 환경에서 멀리 떨어져 있다는 안도감에 젖어 일상으로 바로 돌아간다. 그런 사건은 먼 '외계'에서나 일어날 수 있는, 예외적 사건이라고 생각하기 때문이다.

그러나 생각해보라. 한 사회의 모든 부분은 서로 긴밀하게 연결되어 있다. 부분들의 유기적 집합이 전체이므로, 부분은 전체의 다른 이름에 지나지 않는다. 부분에서 일어나는 모든 사건은 전체로서의 사회라는 몸의 '징후'를 보여준다. 가령 교육 문제를 생각해보라. 그동안 수많은 정책이 나왔지만, 해결의 기미는 거의 보이지 않는다. 교육 문제를 보면 마치 링거를 주렁주렁 달고 겨우 연명하고 있는 환사 같다. 교육이라는 '부분'의 고질병은 한국 사회라는 '전체'의 구조가 바뀌지 않는 한 절대 치유되지 않는다. 고등학교만 졸업해도 생계에 지장이 없고 무시당하지 않으며, 인간의 존엄성을 평생 잃지 않고 살 수 있도록 복지 시스템이 잘 가동되고 있다면, 굳이 대학에 가려고 사력을 다하지 않아도 될 것이다. 장담컨대 '전체'의 구조가 바뀌지 않는 한, 앞으로 어떤 기발한 입시 정책이 나와도 한국의 교육은 링거로 무장한 '중병의 지속 상태'에서 벗어나지 못할 것이다. 교육 문제는 교육만으로 끝나는 것이 아니라, 한 가계의 경제, 문화, 사회적 가치 체계 등 다른 '부분'들과 연쇄적으로 맞물리면서 사회 '전체'를 불행하게 만든다.

개체로서의 한 생명이 사망할 때도 몸의 모든 장기가 망가져 죽는 것이 아니다. 다른 부분은 다 멀쩡한데 그중 단 하나의 장기에 치명적인 문제가 생겼을 때, 몸의 다른 부분들은 무용지물이 되고 '전체'로서의 몸은 (바로 그 하나의 장기라는) '부분' 때문에 종말의 운명을 맞이한다. 이런 의미에서 부분을 고립된 개체로 간주하는 생각이야말로 매우 안일하고도 위험한 생각이 아닐 수 없다. 부분의 위기는 전체의 위기이며, 전체의 위기는 부분의 위기이다. 최근 발생한 흉악 범죄들은 그런 의미에서 한국 사회의 질환 정도가 '흉악'한 단계에 왔다는 징후이다. 범죄는 연쇄된 사회의 총체적 질환의 강도를 보여주는 중요한 지표이다. 가령 대부분의 흉악 범죄는 사회의 '취약한 지역의 취약한 계급'에서 발생한다. 생계의 문제로부터 해방된 중산층 주거 구역에서 흉악 범죄가 일어날 가능성은 훨씬 더 떨어진다. 가령 흉악 범죄의 추이를 통계화한 국가(검찰청)의 한 자료는 특정 시기에 흉악 범죄가 증가하는 원인을 "경제 위기로 생계형 범죄의 급증과 더불어 경제·사회의 양극화 현상 심화 및 신용 불량, 개인 파산 등 경제적 갈등과 인륜 경시 풍조가 사회 및 부유층에 대한 적대감으로 표출되는 등 경제·사회적 갈등이 범죄 현상으로 표출"된 것이라고 설명하고 있다. (서툰 문장을 감안하더라도) 흉악 범죄의 주요 원인이 생계 문제, 양극화, 계급 갈등 등, 결국 '경제·사회적' 문제라는 것을 국가가 인정하고 있는 것이다.

물론 모든 범죄의 최종 결정은 범죄의 주체인 개인의 몫이다. 그러나 모든 개인은 근본적으로 '사회적' 개인이며, 그런 의미에서 범죄를 구조화하는 것은 개인 이전의 사회 시스템이다. 그러니 최근의 흉악 범죄에서 경악해야 할 대상은 사건의 표피에 나타난 폭력성만이 아니라, 그런 폭력성을 유발시킨 나, 너, 우리, 사회 전체가 되어야 한다. 우리 사회가 어쩌다 이 지경까지 되었는가. 사회적 취약자들을 삶의 마지막 난간에 서도록 방치한 것, 생존의 모든 길이 막혀 있다는 극단적인 절망감으로부터 아무도 그들을 구해내지 못한 것, 누군가 옆에 있어서 그들을 도울 것이라는 최소한의 공동체 의식도 부재한 사회, 이런 것들이 지금, 여기, 우리의 민낯이다.

쇼는 이제 그만

선거철이 다가오니 다시 '쇼쇼쇼'의 시대가 되었다. '민생 현실'에서 사라졌던 철새 떼들이 또 돌아오고 있는 것이다. "인간은 정치적 동물"이라는 아리스토텔레스의 오랜 명제를 떠올리지 않더라도, '정치'와 '일상'은 별개의 것이 아니다. 정치가 만든 시스템이 우리의 모든 일상을 지배하고 있기 때문이다. 그러니 대의 민주주의 사회에서 최종 의사 결정자들인 정치인들의 역할은 얼마나 중요한가. 그들의 몇 마디, 혹은 합의와 거부가 압도적 다수 국민들의 삶을 '대신' 결정한다. 그러나 그들에게 '대의권(代議權)'을 주는 것은 국민이니 그들은 국민에게 '아부'를 하지 않을 도리가 없다.

정치인들의 '아부'에는 다양한 형식들이 존재하는데, 그중의 하나가 선거철을 앞두고 각종 '쇼'를 하는 것이다. '쇼'란 평소에 하지 않는 짓을 평소에 하는 일인 것처럼 가장하는 일이다. 쇼는 가짜이기 때문에 누추하고, 비(非)현실이다. 쇼는 그러나 평소에 그들이 하지 않거나 못하는 짓의 허구적 재현이라는 점에서, 그들도 모르게 정치적 유토피아를 누설한다. 말하자면 쇼는 (선거철이 아닌) 평소에 그들이 당연히 해야 하는 일들의 '연출'인 것이다.

소위 '민생 행보'라는 이름으로 평소에는 들여다보지도 않던 쪽방촌에 들러 생계의 끝자락에서 허덕이는 빈민들을 들러리로 세우고 사진을 찍어대는 정치인들은 얼마나 가련한가. 전통 시장에 가서 평소에는 입에 대지도 않는 오백 원짜리 어묵을 물고 서민 흉내를 내는 대선 후보는 얼마나 누추한가. 자신들은 이런저런 핑계로 군복무도 하지 않은 채 선거때만 되면 우르르 군대로 몰려가 안보 운운하는 정치인들은 얼마나 가소로운가. 이런 쇼들은 대체로 정치 후진국에서 벌어지므로 한국 정치의 초라한 후진성을 액면 그대로 보여주는 지표이다. 그런 쇼들이 아직도 먹힌다는 생각을 가지고 있는 후진 정치인들과, 그런 쇼에 감읍하는 후진 우중(愚衆)이 만들어내는 합작품에 공분(公憤)을 일으키는 주체들은, 그래도 살아 있는 시민의식의 소유자들인 다중(多衆)이다.

정치인들의 쇼는 그 자체로 정치적 '기호(記號, sign)'들이다. 이런 기호들이 공분을 불러일으키는 것은 이것들이 정확히 정치적 유토피아를 보여주면서 동시에 그것을 배반하기 때문이다. 이들의 쇼에 동원되는 사람들은 예외 없이 체제의 주변인들, 사회적 약자들이다. 양로원, 전통 시장, 달동네, 군대, 고아원, 공장, 가난한 농촌의 '하위 주체(subaltern)'들이 이들 쇼의 주요 타깃이다. 이는 이 하위 주체들이야말로 우리 체제가 관심과 가치의 중심에 놓아야 할 사람들이라는 것을 역설적으로 보여주는 것이다. 우리 정치의 유토피아는 이들의 삶을 개선하고, 이들이 인간다운 대접을 받으며, 차별과 억압의 대상이 되지 않도록 배려하는 데 있다.

미개한 정치인들은 쇼를 통하여 자신과 그들을 동일시한다. 그러나 누가 보아도 '이들'과 '그들'은 다른 존재들이다. '이들'은 부와 권력의 최상위층에 있는 자들이고 '그들'은 그 대척점에 있는 사람들이다. 이 서로 다른 주체들의 '인위적', '일시적' 동일시는 그런 의미에서 나쁜 '은유'이며, 현실을 기만하는 이미지이다. 왜냐하면 '이들'의 진짜 목적은 '그들'을 위한 체제의 변혁에 있지 않기 때문이다. 해방 이후의 수많은 선거들이 증명하듯이, 선거만 끝나면 '이들'은 '그들'에 대하여 더 이상 관심을 갖지 않는다. 정치적 유토피아를 아는 자들의 이 정치적 배반이 한국 정치의 후진성을 축적해왔다. '이들'의 쇼가 더 큰 문제인 것은 이것이 '그들'을 정치적 소품으로 만드는 것이다. '이들'에게 '그들'의 '인권'은 없다. 다만 '사물'에 불과한 가난하고도 무력한 사회적 약자들이 선거철만 되면 '동일시의 이미지들'로 동원된다. 이런 은유가 진실하려면 이 서로 다른 것들 사이에 진정한 '동질성', '친족 유사성(family resemblance)'이 생산되어야 한다. 양자 사이에 유사성, 동질성이 생성되지 않을 때, 그것은 가짜 은유이거나 '죽은 은유'이다. 죽은 은유가 사람을, 정치를 살릴 수 없다. 그러니 이제 쇼는 그만.

누가 공화국을 어린애로 만드는가

변혁의 시대가 지속되고 있다. 사회적 대변혁의 시기는 '불안정성'을 특징으로 한다. 잠재되어 있던 다양한 목소리가 마구 튀어나오기 때문이다. 자기 검열과 통제를 벗어난 목소리들은 징후로만 존재하던 어떤 '현실'을 보다 노골적으로 드러낸다. 최근 사회의 일각에서 들려오는 목소리들은 우리가 아직도 먼 봉건시대에 머물러 있음을 보여준다.

봉건 담론의 한 특징은 권력자를 자신과 동일시하는 것이다. 민주주의에서 정치적 리더란 선거를 통해 국민의 권력을 한정된 기간 동안 이양받은 자에 지나지 않는다. 그를 대리인으로 내세운 것도 국민이고, 그가 국민의 이해를 제대로 대변하는지 감찰하는 것도 국민이다. 먼 봉건시대에는 권력자와 '백성' 사이에 이런 '거리'가 존재하지 않았다. 봉건 권력은 그 자체로 절대적이어서 사회의 구성원들은 권력자를 자신과 동일시했다. 권력자의 안위는 곧 자신의 안위였으며, 그의 몰락은 곧 자신의 몰락이었던 것이다.

최근 파면된 대통령을 대하는 사회 일각의 태도는 이런 점에서 매우 퇴행적이다. 한 정치인은 그의 구속을 반대하면서 그를 “궁궐에서 쫓겨나 눈물로 지새는 여인”이라고 묘사하였다. 공화국의 대통령이 공무를 수행하던 공간을 ‘궁궐’로 묘사할 때, 우리는 21세기 탈근대 한국 사회에 재림한 조선 왕국을 목격한다. ‘눈물로 지새는’이라는 표현은 공적인 사건을 신파로 만들어 공화국 시민들의 이성적 사유를 마비시키려는 의도를 보여준다. 게다가 ‘여인’이라니. 봉건적 이념에 갇혀 있던 사람들이 도대체 언제부터 이렇게 ‘여인’을 배려했나. 전직 대통령에게 부여된 ‘여인’이라는 용어는 바로 그 전직 대통령에게도 모욕적인 언사가 아닐 수 없다. 이는 전직 대통령을 고작 가부장제 사회가 만든 젠더로서의 ‘여인’을 뛰어넘지 못한 존재로 간주한다는 점에서 그를 폄하하는 발언이자, 그런 사람을 대통령으로 뽑아놓고 파면에까지 이르게 한 우리 국민의 어리석음을 만천하에 고하는 발언이기도 하다.

문제는 이것이 일개 국회의원만의 생각이 아니라는 것이다. 이런 현상은 변혁기 한국 사회의 다양한 공간에서 발견된다. 탄핵 반대를 외치던 어떤 사람들은 자신들을 세조에 맞서 단종을 지키려 한 사육신에, 더 나아가 의병에 비유하기도 했다. 궁궐, 세조, 단종, 사약이라는 봉건의 기표들이 21세기 한국 사회에 우박처럼 쏟아지고 있다. 누군가 전직 대통령의 자택을 향해 절을 올리고 울부짖으며 외친 "죄송합니다, 마마."라는 문장은, 어렵게 미래를 향하고 있는 민주공화국의 머리채를 뒤에서 섬찟하게 잡아당기는 봉건의 언어이다. 전직 대통령을 '동정녀 마리아'에 비유할 때, 우리는 '이데올로기적 국가장치'로 몰락한 종교의 막장 드라마를 목격한다.

대통령을 국가 그리고 자신들과 동일시하는 '범주의 오류'는 대통령의 파면을 곧바로 자신과 국가의 몰락으로 읽는 오독(誤讀)을 생산하고 있다. 그러나 보라. 대통령의 파면 이후 코스피 지수는 장중 연중 최고치를 경신했고, 많은 전문가들이 올해 코스피가 사상 최고치를 경신할 것이라는 분석을 하고 있다. 주식이 워낙 예측하기 어려운 것임을 감안하더라도, 이는 헌법에 의한 대통령 파면이 곧바로 국가의 몰락이 아니라는 사실을 보여준다. 이는 오히려 부패한 정권의 불확실성이 해소되고 사회적 투명성이 확대됨으로써 경제의 파란불이 켜지고 있다는 물적 표증인 것이다.

몰상식한 정치가들과 무지몽매한 '백성'들만이 아니라 집단지성의 표본이 되어야 할 언론인들도 봉건적 동일시와 탈이성(脫理性) 담론의 생산에 일조하고 있다. 어떤 종편의 한 출연자는 영장 심사 후 피의자가 대기할 공간에 대해 언급하면서 어떻게 전직 대통령을 "딱딱한 의자에 앉아 몇 시간을 기다리게 할 수 있느냐."라고 염려했다. 개인에 대한 사적인 연민을 누가 뭐라 하겠는가. 그러나 방송은 대표적인 공공 기제의 하나이고 피의자에 대한 예우는 공적인 문제이다. 이러한 범주의 혼란과 동일시, 그리고 책임 전가와 떼쓰기는 유아적 행위의 전형적인 특징들이다. 봉건적 잔재, 역사의 유년기로 회귀하는 것을 역사적 '퇴행'이라고 부른다. 누가 성숙한 공화국을 어린애로 만드는가.

‘국민 대통합’이라는 이데올로기

최근 우리 삶의 최대 관심은 대선이다. 요즘 진행 중인 대선 주자들의 토론회를 보면 그 내용의 수준은 차치하고 세상 많이 좋아졌다는 생각도 든다. 이렇게 계급장 떼고 동등한 자격으로 열린 공간에서 공공의 문제에 대하여 토론하는 것이야말로 민주주의의 꽃이기 때문이다. 여러 대선 후보들이 현실에 대한 다양한 분석과 정책 들을 내놓고 있다. 그중에서도 대부분의 후보들이 공통적으로 내세우고 있는 것 중의 하나가 바로 국민 ‘통합’에 대한 논의이다. 해방 이후 지금까지 심각한 분열의 역사를 경험해온 나라의 대선 후보들이 통합을 이야기하는 것은 어찌 보면 당연하고도 자연스러워 보인다. 그리고 통합의 방식으로 연정(聯政), 합치, 협치 등을 언급하는 것도 불가피한 일처럼 보인다.

그러나 대선 후보들의 통합에 대한 발언들을 듣다 보면 공허한 느낌을 지울 수가 없다. 그것은 국민 통합이라는 명제가 아무런 질문도 없이 당위로만 주어지고 있기 때문이다. 그러나 어떠한 경우에도 당연한 것은 없다. 통합이 그것의 내용과 형식에 관한 자세한 논의도 없이 수행해야 할 과제로만 내던져질 때 그것은 '억지'에 지나지 않는다. 국민 대통합이 그토록 중요한 숙제라면, 그럴수록 더욱더 면밀하게 그 이유와 목적과 방식을 고민해야 한다.

우리는 이미 지난 70, 80년대 군부독재의 과정을 통해 매우 혹독하게 국민 통합 혹은 화합의 정치학을 경험했다. 그러나 동질성을 강요하는 이데올로기는 공동체 내의 다양한 주장들을 철저히 배제했으며, 통합과 단결의 이름으로 '다른 목소리들'을 억압했다. 랑시에르(J. Rancière)에 의하면 '일치(consensus)'는 정치가 아니라 '치안(police)'이다. 그에 의하면 정치란 '불일치(dissensus)'를 생산하는 것이고, 다른 견해들 사이의 충돌로 공공 영역을 확대하는 것이다. 이렇게 보면 우리가 지난 세월에 경험했던 국민 통합은 사회적 '동의'가 아니라, 치안의 다른 이름이었던 것이다. 그리하여 우리는 '화합'의 이름으로 위장된 가장 큰 '분열'과 갈등을 경험했다. 서로 다른 견해들이 공공 영역에서 자유롭게 부딪치는 것, 그리하여 '유쾌한 상대성'이 살아나며, 합당한 과정을 거쳐 사회적 동의를 이끌어내는 것이야말로 진정한 민주주의이다.

따라서 '분열'이라는 이름으로 위기 분위기를 조장하면서 다양성을 죽이는 것을 국민 통합이라 부르면 안 된다. 배제의 원리를 먼저 가동시키면서 대통합을 주장하는 모든 입장은 이런 의미에서 가짜이다. 선(先)배제-후(後)통합의 원리는 단결의 이름으로 치안을 가장하는 구시대 독재 정권의 논리이다. 정책보다 이념의 날을 세우는 담론들, 특히 낡아빠진 색깔론 같은 것들이 그러하다. 그것은 애국이라는 동질성과 통합의 판타지로 이데올로기의 폭력적 발톱을 감춘다.

또 하나 '문제적인' 통합은 바로 원칙 없는 통합이다. 국가 단위의 통합은 반드시 합당한 이유가 있어야 한다. 원칙을 벗어나거나 배제한 통합은 그 내부에 더 큰 분열의 화약고를 가지게 된다. 국민 통합의 엄정한 기준과 원칙을 전혀 언급하지 않으면서 합치나 협치를 주장하는 것은 정치를 '삶'이 아니라 '기술'로 전락시키는 행위이다. 영혼 없는 기술로서의 정치는 소수의 권력자를 제외한 다수의 국민들을 불행하게 만든다. 그것은 오로지 권력 생산을 위한 수단으로 전락한 정치이며 다중(多衆)의 이해관계에 복무하지 않는 정치이기 때문이다.

안타깝게도 대부분의 대선 주자들은 국민 통합과 합치, 그리고 그 당위성을 이야기할 뿐, 그 이유와 원칙에 대해서는 거의 언급하지 않는다. 그러니 그들의 통합론이 설득력이 없고 실체 없는 유령의 담론처럼 들리는 것이다. 그리하여 누구나 통합을 이야기하지만 실제로는 아무도 통합에 관심이 없는 이상한 현실이 생산되고 있는 것이다. 공공 영역은 그 자체로 불일치의 영역이다. 분열이라는 이유로 불일치를 두려워할 때 진정한 동의와 합의는 이루어지지 않는다. 어렵고 더디더라도 논의할 것은 논의하고 따져야 할 것은 따져야 한다. 이런 과정상의 정의(正義)를 생략한 통합이야말로 더욱 심각한 분열의 지뢰밭을 가져올 것이다.

수사의 힘

최근 미국 민주당 전당대회에서 미셸 오바마가 한 연설이 화제가 되고 있다. "저는 매일 아침 노예들에 의해 세워진 집에서 잠을 깹니다. 그리고 제 딸들, 두 명의 아름답고 지적인 흑인 여성들이 백악관의 잔디밭에서 강아지들과 노는 모습을 바라봅니다." 그녀는 단 두 문장으로 흑인 노예의 역사를 상기시키고 있으며, 인종차별의 부당함에 대하여 이야기하고 있고, 그런 노예의 후예가 대통령이 되는 미국의 저력을 자랑하고 있다.

대통령의 부인이라는 자리가 이런 수사(修辭)를 만드는 것이 아니다. 이런 감동적인 수사의 이면에는 고대 그리스 시대부터 자유로운 토론을 중시하고 설득의 수사학을 연마해온 교육과 문화의 유구한 전통이 있는 것이다. 수사는 단순한 말장난이 아니다. 그것은 "설득의 가용(可用)한 수단"(아리스토텔레스)이다. 모든 관계에 언어가 개입된다. 생각과 사상과 느낌은 그 자체로 존재하는 것이 아니라 오로지 언어의 외피를 입을 때 비로소 존재 안으로 들어온다. 막말로 언어 없이 사상도 없으며, 표현할 수 없는 진리는 진리가 아닌 것이다.

수사가 빈약하거나 부실한 공동체에서 쓸데없거나 소모적인 분쟁들이 일어난다. 얼마 전 정부의 한 고위 관리가 민중을 "개돼지"라고 불러서 큰 소요가 일어났다. 최근에는 사드(THAAD, 고고도미사일방어체계) 문제와 관련하여 '외부 세력'이라는 불분명한 용어가 혼란을 일으킨다. 어떤 사람들은 상주 주민이 아니면 다 외부 세력이라고 몰아붙인다. 문제는 이런 사람들이 놀랍게도 미국을 외부 세력이라고 지칭하지는 않는다는 것이다. 외부 세력의 기준은 공간이 아닌 것이다. 그렇다면 외부 세력은 '사드 배치를 반대하는 세력'을 의미하는가. 그렇지도 않다. 수많은 상주 거주민들이 사드 배치를 반대하고 있기 때문이다. 이제는 넌더리가 나는 '종북'이라는 단어도 마찬가지다. 이 단어는 말 그대로 '북한을 추종하는 것'만을 의미하지 않는다. 수많은 발화자에 의해 이 단어는 자신들과 정치적 입장을 달리하는 사람 혹은 세력을 지칭해왔다. 이 언어의 폭력에 의해 때로 멀쩡한 사람들이 종북이 되고, 이 나라는 각계각층에 북한을 옹호하고 모방하려는 사람들로

'득실거리는' 것처럼 보이기도 한다.

문제는 언어가 현실을 만든다는 것이다. 그러니 먼저 사물이 있고 그것을 지칭하는 언어가 있다는 구태의연한 언어관을 의심해봐야 한다. 언어는 언어 이전의 사물을 지칭하기도 하지만, 거꾸로 현실을 만들기도 한다. 공동체 안에서 어떤 한 구성원이 다른 사람을 지칭한 '저 사람은 너무 이기적이야'라는 말 한마디가 실제(fact)와 무관하게 한 사람을 '이기적인' 사람으로 만들어버릴 수도 있다. 이것이 언어의 힘이고 수사의 힘이다.

공동체의 모든 관계에 이 언어의 끈들이 개입된다. 언어 없이는 관계도 없고 현실도 없다. 그러니 자신의 의견을 정확히 진술하고 설득하는 수사의 힘은 개인만이 아니라 사회·국가 단위에서도 매우 중요하다. 서툴고 악의적인 서사는 공동체의 귀중한 에너지를 쓸데없는 곳에 낭비시킨다. 글쓰기가 아닌 암기 위주의 교육이 수사 부재의 공동체를 만든다. 수사가 빈약하므로 설득의 기술이 부족하고, 설득하지 못하므로 언어 외적인 힘으로 밀어붙이는 게 능사인 사회가 된다.

좋은 수사는 또한 사람들 사이의 관계를 평등하고 민주적인 것으로 만든다. 나이나 권력이 아니라 논리력과 합리적 설득력이 우선인 사회는 얼마나 건강한가. 그런 사회에는 논리

정연한 자식의 말을 받아들일 줄 아는 부모가 많으며, 학생들의 주장에 귀 기울이는 선생들이 넘쳐난다. 그런 사회의 정치는 힘으로 국민들을 몰아붙이지 않는다. '말이 되지 않는' 정책은 이미 옳은 정책이 아니기 때문이다. 설득력과 그것에 토대한 사회적 동의를 중시할 때 사회는 비로소 합리·평등·민주의 원칙에 의해 가동된다. 이렇게 '계급장' 뗀 담론의 "공공영역(public sphere)"(하버마스)이 확대될 때, '나쁜' 사상에 대한 공포도 사라진다. 그런 사상은 설득력이 부족하므로 사회적 동의를 이끌어내기 힘들기 때문이다. 설득력을 가르치는 나라, 말이 통하는 사회가 되어야 한다.

태초에 관계가 있었다

히틀러는 오랜 연인이었던 에바 브라운과 결혼한 지 불과 이틀도 지나지 않아 지하 벙커에서 동반 자살했다. 베를린이 러시아의 적군(赤軍)에게 완전히 포위되었던 1945년 4월 30일의 일이다. 자료에 의하면 에바는 죽음을 불사한 사랑을 맹세했다고 한다. 히틀러는 죽기 오래전에 작성한 유서에서 상속의 첫 번째 대상으로 에바를 지목했다고 한다. 희대의 살인마이자 인류 최대의 악인인 히틀러에게도 격렬한 러브 스토리가 있었던 것이다. 사회적 악인이 역설적이게도 개인 단위에서는 목숨을 건 사랑의 주체이자 대상이기도 한 것이다.

여기에서 존재의 두 층위가 드러난다. 개인과 사회라는 층위이다. 라인홀드 니버는 《도덕적 인간과 비도덕적 사회》에서 개인의 도덕적 행위와 사회의 도덕적 행위가 엄격하게 구별되어야 한다고 주장한다. 그렇다. 놀랍게도 개인 단위에서의 도덕이 사회 단위에서의 도덕을 보장하지 않는다. 그래서 '관계적 상상력'이 필요하다. 도덕·정의는 개인 단위에서 출발하지만, 사회적 단위에서 완성되는 것이다. 돌아보라. '선한 개인들'은 얼마든지 있다. 그러나 선한 개체들이 모여 사회를 형성할 때 선한 사회가 저절로 보장되지 않는다. 개인 단위의 도덕과 사회 단위의 도덕이 서로 다르고 때로 충돌하기 때문이다. 그러나 우리는 나만 열심히 착하게 살면 된다고 생각한다. 그런데 도대체 '착하게 사는 것'이 무엇인가.

우리가 나름 '착하게' 살아온 지난 5년(2007~2011년) 동안 우리나라에서 7만 1916명이 자살했다. 이는 최근 전 세계에서 발생한 대표적인 전쟁의 사망자보다 훨씬 많은 숫자이다. 어느 언론사의 조사에 따르면 이는 이라크 전쟁 사망자 3만 8625명의 거의 두 배가량, 그리고 아프가니스탄 전쟁 사망자 1만 4719명과 비교하면 거의 5배에 이르는 규모이다. 먼 옛날의 이야기도 아니고, 지난 10월 3일 보건복지부에서 발표한 통계의 결과이다. 얼마 전 메르스 때문에 온 나라가 발칵 뒤집어졌다. 만일 어떤 전염병으로 5년 사이에 7만 명 이상이 사망했다고 가정해보라. 어떤 일이 벌어졌을까. 높은 자살률은 전염병보다 더 끔찍한 사회문제이다.

누가 이렇게 만들었는가. 내가 아니라고? 그렇다면 누구인가? 그것은 '나'의 확산인 '우리'다. 누가 이 통계 앞에서 과연 착하게 잘 살았다고 말할 수 있는가. 물론 개인 단위에서는 잘 살고 있고, '무려' 착하게 살고 있다고까지 말할 수도 있다. 그런데 경제개발협력기구(OECD) 가입 국가 중 자살률이 1위이고, 게다가 최근 10여 년 동안 자살률이 급증하고 있다면, '사회적 우리'는 과연 착하게 잘 살고 있다고 말할 수 있을까. 관계적 삶은 선택이 아니라 존재의 문제이다. 말 그대로 "태초에 관계가 있었다."(마틴 부버) 사회적 관계가 존재에 선행한다. 우리가 태어나기도 전에 사회적 관계가 먼저 있었다는 이야기이다. 우리는 태어남과 동시에 사회적 관계 속으로 들어간다. 그래서 각 개인은 '선택의 여지 없이' 존재의 두 층위에서 살아간다. 하나는 '나'이고, 또 다른 하나는 '우리'이다. 온전히 착하게 사는 것은 나-우리의 영역에서 동시에 잘 사는 것이다.

니버는 "(순전히) 개인적인 윤리로는 제대로 파악할 수 없는 영역"이 있고, 그것이 바로 "정치의 영역"이라고 이야기한다. 착한 '나'들이 잘 살려면 '나'의 사회적 집합인 '우리'가 더불어 잘 살아야 한다. 이 사회적 역학이 정치이다. 그러니 정치가 개판으로 돌아가면, 수없이 많은 선한 개인들이 자신의 의지와 무관하게 사회적 악인이 되는 것이다. 그러니 모든 개인에게 관계적 상상력, '나의 확산'인 사회에 대한 고민, 그리고 정치적 상상력이 필요한 것이다.

개인 단위에서 훌륭한 시인도 역사 단위에서 얼마든지 오명을 남길 수 있다. 희대의 고문 기술자도 가정에서는 훌륭한 아빠이자 남편일 수 있다. 이러니 착한 삶, 올바른 삶은 얼마나 멀고 어려운가. 그러나 길은 멀어서 갈 만하고, 여럿이 함께 가면 없던 길도 만들어진다. 정치가 중요한 이유가 이것이다. 그러니 개인들이여, 겹눈을 가지고 바깥을 사유(思惟)하자.

낡은 신화의 베개에서 코를 고는 사람들

한 시대가 가고 있다

며칠 전 독일 연방대법원은 95세의 나치 조력자에게 징역 4년형을 확정지었다. 지난 6월, 94세의 나치 전범에게 징역 5년을 선고한 지 불과 여섯 달 만이다. 지옥까지는 아닐지라도 국가적 전범을 끝까지 추적해 소탕하겠다는 독일 정부의 단호한 의지를 보여준 것이다.

박근혜 게이트로 온 나라가 공황 상태에 빠져 있다. 한국 근현대사의 가장 큰 문제점은 식민 잔재와 봉건 잔재의 근본적 척결 없이 근대로, 탈근대로 얼렁뚱땅 대충 넘어왔다는 데 있다. 그리하여 21세기 한국 사회는 식민성, 봉건성, 근대성, 탈근대성이 마구 뒤섞인 기형의 모습을 갖게 되었다. 머리와 가슴은 봉건을, 팔다리는 따로따로 근대와 탈근대를 향하고 있다고나 할까. 식민 잔재 세력은 척결되기는커녕 해방 후 한국 사회의 실질적 헤게모니를 장악하였고 독재 세력으로 전화(轉化)되면서 우리 사회의 가부장적 봉건성을 더욱 심화시켰다.

최근의 동요(動搖)는 이렇게 가부장적 봉건성에 기대온 한 시대가, 그 악몽의 패러다임이 드디어 가고 있음을 명확히 보여주고 있는 것이다. 정치의 층위에서 가장 극명하게 이런 파열이 드러나고 있지만, 반가운 것은 얼마 전부터 봉건 시대의 모든 '팔루스(phallus)', 즉 대문자 아버지의 법칙(Father's law)을 거부하는 다양한 징후들이 우리 사회의 거의 모든 층위에서 나타나고 있다는 것이다. 이제 가장이라는 이유로, 선생이나 사장이라는 이유로, 대통령이라는 이름으로, 혹은 남성이라는 이유로 타자들을 억압하고 전유하고 사물화하는 횡포는 우리 사회에서 더 이상 통하지 않을 것이다. 물론 당장 그렇다는 것은 아니다. 봉건제에서 근대 시민사회로의 대이행을 가져온 프랑스대혁명도 자유, 평등, 박애의 윤곽을 그리는 데만도 수십 년의 세월을 보내야 했다. 그러나 이런 징후는 우리 사회의 전 영역에서 이미 깊이, 그리고 확실하게 시작되었다. 우리는 가정 단위에서 그 어느 때보다 엄마와 자녀의 목소리가 커진 시대에 살고 있으며, 노동 현장에서도 불의에 대한 저항의 목소리가 끊이지 않는 시대에 살고 있다. 여성을 타자화하는 행위에 대해 지금보다 더 분노했던 시절은 없다.

물론 아직도 머나멀다. 그러나 이런 다양한 징후들은 우리 사회가 중대한 변혁의 기로에 놓여 있음을 보여준다.

하루하루가 다르게 진행되는 최근의 정치적 사태는, 죽어가는 앙시앵 레짐의 배 위에서 한심하게도 내려올 생각을 전혀 하지 않는 사람들을 보여주고, 몰락하는 체제의 주변에서 원리나 원칙도 없이 떡고물을 챙기느라 정신이 없는 정치인들을 보여주고, 다가오는 '누보 레짐(nouveau régime)'의 한가운데에서 불을 밝히며 앞장서고 있는 위대한 '다중(多衆)'을 보여준다. 최근 광화문 광장을 비롯해 전국에서 벌어지고 있는 집회는 과거 그 어느 시대의 시위와도 다른 양상을 보여준다. 그들은 특정 계급의 사람들도 아니고, 특정 연령이나 종교, 특정 문화의 집단들이 아니다. 그들은 민주주의라는 동일한 목적을 가지고 있지만, 다양성과 차이를 존중하는 자유롭고도 평등한 개인들의 총계, 즉 다중이다. 100~200만이 모인 집회는 동일한 목적을 가졌지만 통일성으로 서로를 억압하지 않고, '유쾌한 상대성'을 존중하며, 엄숙주의에서 벗어난 자유로운 목소리를 동원해 새로운 출구를 열고 있다. 거기에는 이미 무너지고 있는 낡은 체제의 권위적 중심이 없다. 이 중심 없는 중심, 하나이되 동시에 다양한, 잘못된 위계에서 해방된 다중이야말로 우리 시대의 새로운 희망이고 힘이다.

아직도 구체제의 이데올로기에서 벗어나지 못하고 있는 사람들은 개인 혹은 공적 단위의 삶의 어느 단계에서 역사의 큰 망치 세례를 면치 못할 것이다. 자신만은 어느 순간 한 방에 '훅' 가지 않는다고 생각한다면 시대의 대변화를 아직 읽지 못하고 있는 것이다. 그리고 죽어가는 구체제 옆에서 당리당략에만 빠져 있는 여야 정치인들에게 영화 제목을 빌어 고한다. 다중은 당신들이 하는 짓을 다 알고 있다. 낡은 배는 이미 떠나가고 있고, 저기 새 배가 들어오고 있다. 조금 긴 시간이 걸릴지라도, 앙시앵 레짐이여, 안녕.

집단성과 개별성, 그리고 그 너머

국가주의 시대에 우리 사회를 짓누른 것은 집단성의 이데올로기였다. 전 국민이 국가의 주체가 아니라 교육 '대상'이었고 모두가 '국민교육헌장'을 암기해야 했다. 진리는 항상 한 가지밖에 없었으며 동일성의 논리를 담은 구호들이 사회 전체를 지배했다. '둘만 낳아 잘 기르자'라며 산아를 제한하는 것도 국가의 몫이었고, 두발과 치마의 길이도 국가에서 정했다. 문제는 이에 맞서는 저항 세력도 집단성의 이데올로기에서 크게 벗어나지 못했다는 것이다. '와서 모여 함께 하나가 되자'라는 주장 역시 자기 집단에게 일사불란한 동일성과 통일성을 요구하는 구호였다. 국가주의는 스스로 집단성에 의존할 뿐만 아니라 이처럼 그 반대편에도 다른 형태의 집단성을 생산한다는 점에서 파괴적이고 폭력적이다. 집단성과 집단성이 충돌하는 공간에 개체들이 설 자리는 없다. 그곳에는 무리 짓기, 편 가르기, 그리고 집단들 사이의 팽팽한 적대감만이 조성되기 때문이다. 이런 상황 속에서 개체들이 가장 안전하게 생존할 수 있는 방법은 개체성을 죽이고 더 큰 집단을 선택해 들어가는 것이었다. 개체들에게 집단은 일종의 '보호색'이었으며, 개체들은 특정 집단에 소속됨으로써 자신들을 은폐시켰다.

사회 전체가 서서히 합리화되면서 이것과 정반대의 새로운 현상이 나타났다. 오랜 집단성에서 벗어나는 동안 신자유주의의 강풍이 몰아쳤고, 개인들은 무한 경쟁 속에 내던져졌다. 개체들은 집단이 자신들의 안위를 더 이상 책임져주지 않음을 실감하게 되었고, 자력갱생의 '외로운' 길로 몰려나갔다. 봉건시대와 식민지 시대, 뒤이은 독재 시대를 거치면서 집단주의에서 한 번도 벗어나지 못했던 개체들은 이제 겉으로는 자유로운 주체가 된 것처럼 보였지만, 타자들을 경쟁과 배제의 대상으로 밀어냄으로써 타자들과의 건강하고도 행복한 '관계'를 만들어내지 못했다. 탈(脫)정치화된 개체들은 이제 '시장'이라는 새로운 올무에 얽매인 채 각자도생의 길을 걸었다.

이제야 비로소 봉건에서 (탈)근대로 넘어가고 있는 우리 사회는 오래 묵은 불합리와 비도덕과 비리들이 (일시에) 노출되느라 소란하다. 얼마 전까지만 하더라도 '관행'으로 정당화되었던 온갖 사회악들이 발가벗겨지고 있다. 가히 혁명에 가까운 이런 변화들은 이제 새로운 주체성을 요구하고 있다. 그것은 한마디로 말해 집단성과 개체성 너머의 주체이다. 개체의 개별성을 유지하되 타자들과의 느슨하지만 건강한 연합 상태를 지향하는 개체들이 우리 사회의 새로운 주인이 되어야 한다. 시스템이 제대로 가동되지 않는 국가에서 행복한 개체란 존재할 수 없다. 모든 개체의 삶은 전체 시스템과의 유기적 관계 속에 존재하기 때문이다. 거꾸로 개체의 행복에 이바지하지 않는 모든 시스템은 그것이 아무리 이상적일지라도 무의미하다. 그리하여 단독자로서의 고유한 자유를 구가하되 동시에 시스템과의 관계적 상상력을 잘 가동시키는 '겹 주체(double subject)'가 필요한 시기가 도래했다.

우리 사회는 상대적으로 짧은 시기에 집단주의와 탈정치적 개별주의를 이미 통과해왔다. 이제 개별성을 존중하면서 '공통의 문제'에서 시선을 떼지 않는 "복수(複數)적 주체"(안토니오 네그리)의 탄생이 필요한 시점에 와 있다. 우리 사회는 지금 정의와 공정의 이름으로 오래 묵은 사회악들과 싸우고 있다. 바야흐로 진리 담론이 부상하고 있는 시기이다. 그러나 이럴 때일수록 우리는 진리 담론이 독점 담론으로 변질되는 것을 경계해야 한다. 진리 담론은 그 안에 동질성뿐만 아니라 이질성을 동시에 열어놓는다. 무오류주의에 빠지지 않으려면, 외부에 대한 비판과 동시에 내부를 성찰하는 '겹 지혜(double wisdom)'가 필요하다. 수많은 복수적 주체들이 그 모든 비합리적 봉건성과 싸우되, 자성(自省)의 칼날을 자신에게도 들이댈 때 개혁은 지속가능한 미래가 될 것이다.

불행의 징후들, 그리고 저주받은 나라

영국 낭만주의 시인 윌리엄 블레이크는 산업혁명이 할퀴고 간 황폐한 현실을 고통스레 통과하였다. 그는 유아 노동에 동원된 어린 굴뚝 청소부들의 울음이 타락한 교회를 섬찟하게 만드는 것을 보았으며, 젊은 창녀의 저주가 결혼 마차를 영구차로 만드는 것을 보았다. “만나는 얼굴마다” “비탄의 흔적”을 보았던 그는 누구보다 ‘징후’를 잘 읽어내는 시인이었다. 사람들은 그것을 ‘예언’이라 불렀지만, 징후는 예언이 아니라 ‘전조’이다. 그는 〈순수의 전조들〉이라는 시에서 “주인집 대문에서 굶어 죽은 개가 그 나라의 멸망을 예고한다.”라고 하였다. 최근 프랑스에서 벌어지고 있는 ‘노란 조끼’들의 시위는 심각한 빈부 격차와 불평등이 어떻게 한 국가의 균열을 초래할 수 있는지 잘 보여주는 징후이다. 남유럽과 북아프리카의 여러 국가들이 또 다른 ‘조끼’들의 출현을 두려워하고 있는 것은, 자신들의 내부에 이미 드러나고 있는 불행의 징조들을 보고 있기 때문이다.

최근 태안화력발전소에서 벨트컨베이어에 끼어 몸이 분리된 채 사망한 한 비정규직 청년 노동사의 끔찍한 사태는 그 자체로 우리 사회의 심각하고도 불안한 징후이다. 이 사건에는 우리 사회가 가지고 있는 다양한 모순들이 중층적으로 겹쳐 있다. 비정규직 문제는 말할 것도 없거니와, 경제 대국의 허울 아래 감추어진 짐승 같은 노동 현장, 비용 절감을 목적으로 이루어지는 수많은 탈법 행위들, 사람보다 이윤을 더 중시하는 천박한 자본, 오로지 생계를 위해 죽음의 공포에 자신의 몸을 노출시켜야 하는 수많은 노동자들의 현실이 이 사태 속에 고스란히 녹아 있다. 문제는, 징후가 곧 다가올 현실의 불길한 예고라는 자각의 부재이다. 보도에 따르면 지난 2010년 이후 한국서부발전에서 이미 12명이 사고로 목숨을 잃었다고 한다. 그러므로 이번 사태는 '전조'나 '징후'를 넘어 이미 반복되고 있는 '현실'이고, 그간 우리 사회가 비극의 다양한 징후들을 깡그리 무시해왔음을 보여주는 사건이다. 그러니 이제 우리 앞에는 얼마나 더 끔찍한 현실이 펼쳐질까. "(용균이) 동료들한테 이야기했다. 빨리 나가라고. 너희들도 여기서 일하다가 죽는 것 보고 싶지 않다고. 정말 보고 싶지 않다. 정말 보고 싶지 않다. (죽음은) 우리 아들 하나면 된다. 아들 같은 그 애들의 죽음을 안 보고 싶다. 우리나라를 바꾸고 싶다. 저는 우리나라를 저주한다."라는 사고 노동자 어머니의 절규는 앞으로도 얼마든지 일어날 수 있는 수많은 죽음들에 대한 가장 슬픈 조종(弔鐘) 소리이다. 2018년 12월 13일 자 〈이데일리〉는 다음과 같이 보도하고 있다. "태안화력발전소는 정부로부터 '무재해 사업장' 인증을 받았으며, 원청인 서부발전은 무재해 사업장이라며 정부로부터 5년간 산재보험료 22억여 원을 감면받았다. 직원들에게도 무재해 포상금이라며 4770만 원을 지급했다." 이것이 사실이라면 우리는 징후들 속에서 다가올 비극을 읽고 미리 대비하는 국가가 아니라, 가짜 안전, 거짓 행복의 지우개로 끔찍하기 짝이 없는 징후들을 마구 지우며 불행을 양산하는 국가를 소유하고 있는 셈이다.

"주인집 대문에서 굶어 죽은 개가 그 나라의 멸망을 예고한다."라는 블레이크의 선언은 시인의 허사가 아니다. 세계의 모든 부분은 서로 연결되어 있으며, 개체의 불행은 대부분 관계의 산물이다. 주인이 잘 보살폈는데 그 집 대문에서 개가 굶어 죽을 리가 없다. 동물의 목숨을 하찮게 여기는 주인의 태도가 무려 '나라의 멸망을 예고'하는 징후인 이유가 바로 이것이다. 관계가 존재에 선행한다. 영국 시인 존 던의 말대로

"누구든 그 자체로서 온전한 섬이 아니다." 누군가의 죽음은 '나'라는 존재의 '감소'를 의미한다. 타자의 죽음은 곧 나의 일부의 죽음인 것이다. "누구를 위하여 종은 울리나/ 종은 바로 그대를 위하여 울린다."

빅 브라더들의 귀환

조지 오웰의 소설 《1984》는 이렇게 끝난다. "그는 빅 브라더를 사랑했다." 소설 속 빅 브라더의 세계를 지배하는 슬로건은 다음과 같은 것들이다. '전쟁이 평화다.' '자유는 노예 상태를 의미한다.' '무지야말로 힘이다.' 오랜 이념의 시대가 종언을 고하려 할 때 빅 브라더의 백성들은 불안에 떤다. 여럿이 모여 짐승처럼 울부짖으며 매일 '2분 증오'의 시간을 갖던 그들에게 평화는 너무나도 생경한 경험이며 그 자체로 불안과 공포이다. 그러므로 그들에게는 전쟁 혹은 유사 전쟁의 상태를 지속하는 것이 차라리 편하다. '전쟁이 평화'인 이유이다. 그들에게 진정한 자유는 빅 브라더의 시스템에 복종할 때 얻어진다. 시스템은 그들에게 무엇이 선인지, 무엇을 받아들이고, 무엇을 추구할 것인지를 알려준다. 시스템에 대한 복종이 그들에게 편리하고도 안정적인 '자유'를 가져다준다. 빅 브라더의 품에 안길 때 그들은 온갖 혼란에서 벗어나 비로소 온전해지고 자유로워진다. '노예 상태'가 자유인 이유이다. 시스템의 모순을 지적하고 따질 때 빅 브라더의 백성들에게 주어지는 것은 영원한 배척과 배제이다. 그러니 묻지도 따지지도 않는 것, 즉 집단적 무지의 상태에 있는 것이야말로 힘이다.

빅 브라더의 역사는 먼 왕조 국가로 거슬러 올라가 근대의 전체주의 국가로 이어진다. 성경의 구약 시대에 왕조 국가가 형성된 것은 사무엘이 생존할 당시였다. 자신들을 다스릴 왕을 세워달라고 요구하는 백성들에게 사무엘이 신의 말씀을 빌려 전하는 경고는 다음과 같은 것이었다. 왕은 당신들의 아들들을 데려다 군인으로 부려먹고 밭을 갈게 하고 무기와 병거를 만드는 데 써먹을 것이다. 딸들을 데려다가 향유를 만들게 하고 요리를 시키며 빵도 굽게 할 것이다. 마침내 왕은 당신들마저 종으로 만들 것이고 "그때에야 당신들이 스스로 택한 왕 때문에 울부짖을 터"라고 사무엘은 경고한다. 그럼에도 불구하고 사람들은 왕을 세우고 스스로 종이 되는 길을 선택했다. 근대 민주주의는 이렇게 해서 수천 년 동안 이어져온 권력을 합리적으로 분산하는 과정이었다. 그러나 근대의 막바지에 히틀러, 스탈린과 같은 빅 브라더들이 출현하자 세계 시민들은 '전쟁'과 '노예 상태'와 '무지'에 자신을 내던졌다.

빅 브라더들은 소설 《1984》의 국가 부서인 진리부(眞理部)가 한 것처럼 진리를 '생산'하였고, 주적(主敵)을 '발명'하였다. 그리하여 전쟁을 평화로, 노예 상태를 자유로, 무지를 힘으로 인지하는 짐승의 시대가 한동안 지속되었다. 사람들은 여전히 자신들을 지배하고 자신들의 운명을 내맡길 '아버지' 혹은 '큰 형'들을 고대하고 있었던 것이다.

최근 한반도에 때아닌 빅 브라더들이 귀환하고 있다. 국가(사법부)에 의해 반란수괴죄로 1심에서 사형을 구형받은 자를 "영웅"이라고 부르는 목소리가 며칠 전 국회에 울려 퍼졌다. 한국기독교총연합회(한기총) 대표회장인 모 목사는 취임식에서 "남로당 찌꺼기와 북한에서 온 주사파 찌꺼기가 붙어서 청와대를 점령하고, 국가를 해체하려고 한다."라며 부정선거로 쫓겨난 전직 대통령에 대한 기억을 호출했다. 모 국회의원은 이에 대해 그 대통령이 "지하에서 분노하고 계신다."라며 맞장구를 쳤다. 주말마다 태극기와 성조기, 이스라엘 국기까지 들고 전직 대통령의 석방을 외치는 사람들의 뇌리에는 한국 현대사상 최고의 빅 브라더에 대한 깊은 노스탤지어가 있다.

세계는 이념의 전쟁터를 떠난 지 오래이다. 빅 브라더에 대한 향수는 정체성의 위기에서 비롯된다. 그러나 위기의 극복은 시효를 상실한 이념의 빅 브라더를 호출하는 것으로 이루어지지 않는다. 증오의 울부짖음으로 해결되지도 않는다. 문제가 있으면 새로운 대안을 내놓으면 된다. 선거로 대통령을 뽑은 국민들은 '남로당 찌꺼기'도 '주사파 찌꺼기'도 아니다. 지하에 잠든 아버지들의 유령을 자꾸 불러내지 마라. 그래도 그들을 사랑한다면 속으로 혼자서 해라.

불일치의 정치학을 위하여

당연한 것처럼 보이던 배제의 정치가 범죄의 정치라는 사실이 법원 판결의 형태로 속속 드러나고 있다. 블랙리스트 관련자들을 구속하는 것에 대해 "대한민국을 적대시하는 세력을 블랙리스트로 만든 게 왜 잘못이냐."라는 한 언론인의 항변은 배제의 정치를 일상화했던 앙시앵 레짐의 문법이 무엇인지를 잘 보여준다. 그들에게 대한민국은 자신들에게 유리한 목소리만 허락하고 나머지 목소리들을 죽이는 나라였다. 그들은 '치안(police)'을 정치로 착각했던 유구한 반(反)정치의 계승자들이었다. 수십만의 시민들이 청와대 150미터 인근까지 갔어도 그들의 염려와는 달리 '치안'에 아무런 문제가 없었다. 폭력은 배제의 범죄를 정치로 착각하는 시스템이 생산하는 것이다. 오히려 직업과 나이, 감성이 다른 다중(多衆)의 목소리가 자유롭게 허용될 때, 파괴가 아니라 집단적 평화가 생산되는 놀라운 기적을 우리는 지난겨울에 경험했다. 이런 의미에서 정치란 '합의'가 아니라 '불일치(dissensus)'를 생산하는 것이라는 랑시에르(J. Ranciere)의 지적은 옳다. 랑시에르에 의하면 정치란 불일치를 통하여 들리지 않던 것을 들리게 하고, 보이지 않던 것을 보이게 만드는 것이다. 그것은 소수에 의해서 '적당한 것/부적당한 것'의 위계로 나뉘어졌던 감성을 주변화되었던 다수가 나누어 갖는 것('감성의 나눔')이다. 치안을 최선의 정치로 생각했던 사람들은 공적인 공간에서 국민의 목소리를 동물의 신음 같은 소리로 만듦으로써 질서를 유지할 수 있다고 생각했다. 그러나 그렇게 해서 유지된 '질서'는 강요된 치안의 다른 이름이었으며, 그 자체로 폭력이었고, 혼란의 진원이었다. 무의식이 완전한 형태로 억압될 수 없는 것처럼, 공적 영역의 그 어떤 목소리들도 배제의 운명을 당연한 것으로 받아들이지 않는다. 이것이 고대로부터 탈근대에 이르는 유구한 세계사가 보여주는 진실이다.

그러나 최근 들어 감성의 나눔을 거부하는 목소리들이 또 일어나고 있다. 그것은 크게 두 방향에서 들려온다. 하나는 집권 여당을 옹호하는 집단의 '일부'에서 오는 것이고, 다른 하나는 역사의 낡은 배에서 아직도 내리지 못한 사람들에게서 온다. 전자는 현 정부에 대한 '절대적' 지지의 이데올로기에서 벗어나야 한다. 어떤 경우에도 절대적으로 옳은 것은 없다. 정당을 살리는 합당한 길은 그 안에 '불일치'를 허락하고, 오류의 가능성을 늘 예의 주시하는 것이다. 누구에게든 진리의 독점을 허락하는 것은 다른 방향에서 '치안'을 생산하는 일이다. 다른 의견을 가진 사람들을 떼거리로 매도하는 것은 자기 정치의 활력을 스스로 죽이는 일이고, 위기에 대처할 수 있는 다양한 출구를 봉쇄하는 일이다. 가령 특정 정치인에게 표를 던지면서도 그를 지지하는 집단 성명서에는 서명을 하지 않는 예술가들이 있다. 그들은 자유로우며 정치의 무오류주의를 늘 경계하는 사람들이다. 유사 집단 안에도 동질성이 아니라 불일치의 가능성이 있는 집단을 열어놓는 것이 어느 경우에나 안전하고 유리하다.

감성의 나눔을 완강하게 거부하는 또 하나의 집단은 낡고 쓰러져가는 배 위에서 내려오기를 아직도 거부하고 있는 사람들이다. 낡아빠지고 촌스러운 색깔론의 깃발을 든 이들의 모습은 탈근대의 눈부시도록 세련된 문화 공간에 불시착한 외계인들 같다. 이들은 현 정부를 '좌파 정권'이라 못 박으며 말 그대로 무조건 반대한다. 도대체 지금이 어느 시대인가. 지금은 마르크스의 《공산당 선언》이 대학 도서관뿐만 아니라 각종 지역 도서관에도 무수히 꽂혀 있지만, 그렇다고 해서 혁명이 일어나지도 않고, 아무도 공산주의 혁명이 일어날 공포에 떨지 않는 시대이다. 그들이 먼 과거부터 떠들어온 '치안'이 양치기 소년의 거짓말이었음이 증명된 것이다. 이념 외에는 다른 어떤 무기도 없는 무리처럼 폐쇄적인 집단도 없다. 이들에게 제발 이젠 이념이 아니라 정책으로 '불일치'를 만들라고 권하고 싶다.

낡은 신화의 베개에서 코를 고는 사람들

어느 나라에나 신화(mythos)가 있다. 신화는 집단의 기억을 형성해주며 집단을 공동의 담론으로 결속시킨다. 신화는 사회적 삶에 대한 상징적 해석의 틀을 제공해주며 집단을 지배하는 가치 체계로 작용한다. 그러므로 신화는 단지 신들에 관한 이야기가 아니다. 또한 신화에는 이데올로기 혹은 오랜 통념이 만들어낸 가짜 혹은 '환상' 담론도 존재한다. 지금 우리 사회는 그것들과의 격렬한 싸움 속에 있다. 그 환상의 다른 이름은 '관행'이다. 관행이라는 신화는 다양한 스펙트럼을 가지고 있다. 아랫사람은 윗사람의 말을 무조건 따라야 한다는 가부장의 신화, 여성은 남성에게 순종해야 한다는 남근 중심주의의 신화, 대통령이면 실정법을 넘어 마구 힘을 행사해도 된다는 권력의 신화, 경제가 살려면 재벌에게 엄청난 특권을 주어야 한다는 개발 논리의 신화, 국가의 생존을 위해서 이런 저런 사상은 절대 용납되어서는 안 된다는 냉전의 신화 들이 사회 곳곳에서 지금 '총체적'인 도전을 받고 있다. 이것은 우리 사회가 신화의 시대에서 '로고스(logos)'의 시대로 전환하고 있다는 중대한 지표이다.

다수의 국민은 이미 가짜 신화를 믿지 않는다. 대부분의 시민들은 이성적 동의 없이 아랫사람이 윗사람의 말을 무조건 따를 이유가 없으며, 남성이라는 이유로 여성을 대상화해서도 안 될뿐더러, 대통령이라고 해서 실정법을 넘어 권력을 행사해서도 안 된다고 생각한다. 재벌의 성장이 특정 소수가 아닌 국민 '다수의 경제'에 실질적으로 어떤 도움이 되었는지에 대해서도 회의적이며, 낡아빠진 색깔론에도 잘 현혹되지 않는다. 이제 아버지라 하여, 선생이라 하여, 회장 혹은 대통령이라 하여 존중받던 시대는 끝났다. 이런 변화에 깨끗하게 승복하는 것이 로고스의 시대를 살아가는 지혜이다.

그런데 아직도 전근대적인 관행을 진실로 착각하는 사람들이 있다. 그들은 마치 플라톤의 '동굴의 우화'에 나오는 죄수들이 그림자를 실체로 착각하는 것처럼, 낡은 신화의 감옥에 갇혀 헛것인 '관행'을 진리로 착각한다. 그래서 이들은 국가의 법에 따라 명백한 피의자를 조사하는 것을 '표적 수사'라 부르며, 분배와 복지를 강조하면 '종북'이라고 부른다. 어떤 사람들은 '빨갱이는 죽여도 된다'라는, 살기등등한 현수막을 들고 도심을 행진한다. 사실 그들은 로고스를 비판한다기보다 자신들의 '신화'가 깨지는 것을 두려워하고 있다.

신화의 감옥 안에서는 신화의 모순이 보이지 않는다. 그림자가 실체가 아니라는 것은 오로지 동굴 밖을 나올 때만 보인다. 상상하기도 힘든 어마어마한 범죄 피의자로 구속된 전직 대통령을 무죄라고 주장하는 사람들은, 초법적인 권력과 폭력을 휘둘렀던 신화시대의 '아버지의 규칙'을 잊지 못하는 가련한 희생양들이다. 그들의 분노는 가짜가 아니다. 왜냐하면 그들은 신화를 초시대적이고 절대적인 진리로 믿고 있으며, 이미 로고스로 넘어간 사회가 자신들의 존엄한 진리를 훼손하고 있다고 생각하기 때문이다.

논리보다 관행이 우선인 신화는 앞으로도 지속적인 도전을 받을 것이다. 최근 오래전의 성추행 혐의로 문제가 된 사람들은 억울해하며 속으로 중얼거릴 것이다. '아니, 왜들 난리지. 원래 다들 그러고 사는 것 아닌가.' 감옥에 있는 전직 대통령의 무죄를 주장하는 사람들도 동일한 신화의 맥락에 빠져 있다. '아니, 대통령에게 그만한 권력도 없단 말이야. 다들 그러고 지냈잖아.' 애석하게도 '다들 그렇게 지내던' 시대는 끝났다. '그렇게 지내도 괜찮다'라는 통념은 전근대적인 시대에 "이데올로기적 국가 장치들"과 "억압적 국가 장치"(루이 알튀세르)가 만들어낸 신화에 불과하다. 구시대의 배가 이미 떠난 것을 인정하지 않으면서 낡은 신화의 베개에서 코를 골고 있는 사람들이 요즘 계속해서 망신을 당하고 있다. 망신당하고 싶지 않은가. 그렇다면 서둘러 꿈들 깨시라. 신화의 시대는 갔다.

막말의 사회

이런 생각이 언제 바뀔지 모르지만, 지난 대선 기간 동안 나는 대의를 지키되 특정 정당이나 후보를 공식적으로 지지하는 행동을 하지 않았다. 《오리엔탈리즘》으로 유명한 실천적 지식인인 에드워드 사이드(E. Said)는 《지식인의 표상들》에서 지식인을 경계 밖으로 스스로를 끊임없이 추방시키는 "국외자이자 주변인"으로 정의했다. 그 어떤 조직도 개인도 완벽할 수 없으므로, 지식인은 특정한 경계 안에 자신을 가두지 않고 그 모든 형태의 "애국적 민족주의, 집단적 사고, 계급, 인종 혹은 성적인 특권에 의문을 제기하는 사람"이어야 하기 때문이다.

이제 선거도 끝났고 우리 사회는 새로운 시대의 문턱을 넘어서고 있다. 그러나 지난 대선 기간에 드러난 어떤 현상은 깊은 우려를 갖게 만든다. 그것은 바로 미국의 천박한 대통령에게서 전염되어온 '막말'의 문화이다. 물론 막말을 주도했던 후보는 대권 장악에 실패했다. 그러나 그가 이끌었던 막말의 문화는 우리 사회의 심각한 '상태'를 보여준다. 문학이론가 볼로쉬노프(V. Voloshinov)의 말마따나 "언어는 사회 변동의 가장 민감한 지표"이기 때문이다. 구(舊)여권을 대표하는 거대 정당의 후보가 막말과 욕설을 일삼았으며 그것이 나름 반응을 불러일으켰다는 사실은 우리 사회와 문화가 얼마나 천박한 수위에 있는지를 잘 보여준다. 가령 사상과 철학의 대중적 성장이 일반화된 유럽에서 트럼프 같은 막말의 정치가는 출현 자체도 힘들었을 것이고 집권은 더욱더 불가능했을 것이다.

막말의 문화가 갖는 첫 번째 문제는, 그것이 온갖 종류의 '가짜 뉴스' 혹은 '거짓말'을 생산한다는 것이다. 얼마 전 서울대 언론정보연구소는 지난 3월 29일부터 대선 전날인 5월 8일까지 막말을 주도했던 후보가 가장 많은 거짓말을 했다는 검증 결과를 발표했다. 이렇게 보면 막말은 거짓말의 다른 이름이다. 막말의 문화가 갖는 두 번째 문제는, 그것이 합리적 사유를 방해한다는 것이다. 막말과 욕설은 분노와 화로 이성적, 논리적 사유를 억압한다. 그것은 가뜩이나 합리적 사유 능력이 없는 특정 부류의 사람들을 목표물로 삼아 그들의 비논리적 상태를 더욱 악화시키고 결국 그들의 인간적 존엄성까지 박탈한다는 점에서 야만적이다.

막말은 또한 애초부터 무책임을 전제로 한다. 막말은 특정 대상에 대한 '사실' 여부와 관계없이 비난과 공격만을 기능으로 갖고 있기 때문이다. 막말은 스스로 책임지지 않으므로 그로 인한 모든 사회적 분란은 나머지 공동체 전체가 고스란히 떠안아야 하는 것이다. 더구나 막말은 그 자체가 대상에 대한 심각한 왜곡과 모욕을 목표로 하므로 폭력이 아닐 수 없다. 특히 정치인과 같은 공인들의 공적 영역에서의 막말은 특정 대상과 국가 전체의 현실에 대한 왜곡을 일파만파 공중화(公衆化)하므로 더욱 위험한 폭력이다.

정치가의 막말이 가장 심각한 문제인 것은 그것이 청소년들을 포함한 국민 전체에게 토씨 하나까지 무차별적으로 유포되기 때문이다. 그것은 수많은 육체적, 정신적 미성년자들에게 거짓과 비합리와 무책임과 폭력을 무의식적으로 내면화시키며, 그 반대편에 있는 소중한 가치들, 즉 진실과 합리성과 책임과 사랑을 외면하게 만든다.

막말이 공중(公衆) 언어로 통용되는 사회는 사람을 사물과 다를 바 없는 '그것'으로 대하는 사회이다. 부버(M. Buber)는 이러한 사회적 관계를 '나-그것(I-It)'의 관계로 설명했다. '그것'은 환대의 대상이 아니라, 일방적인 전유(專有) 혹은 의미론적 착취의 대상일 뿐이다. 타자를 대상화하지 않고, 평등한

'만남' 속으로 끌어들이는 관계는 '나-그것'이 아니라 '나-너(I-Thou)'의 관계이다. 모든 '너'는 또 다른 '나'들이기 때문이다. 비판과 막말은 다르다. 건전한 비판은 나와 너를 더욱 숭고하고 존엄한 상태로 이끈다. 그러나 막말은 모든 '너'를 '그것'으로 격하시키며, 그리하여 모든 '나'들조차 '그것'들이 되게 한다. 막말투성이의 대선 국면이 '악몽'이었던 이유는, 막말이 우리 사회의 또 하나의 '문화'가 되는 것에 대한 부끄러움과 공포 때문이었다. 한마디로 말해 막말은 건전한 사회의 적이다.

'독재 타도'라는 말

정치는 '공통적인 것(the common)'의 언어 게임이다. 정치에 가담한 다양한 집단들이 '민생', '복지', '안보', '민주주의' 등의 기표를 입에 달고 사는 것은 정치가 근본적으로 '공공 영역'을 향해 있기 때문이다. 정치 담론의 기본적인 규칙을 아는 정치인들은 사적 개인으로서의 이해관계를 최대한 감춘다. 때로 위장일지라도 그것이 정치 게임의 기본적인 예의이다. 모든 정치는 그 속성상 권력을 지향하지만, 그 욕망조차도 공적 정의의 언어로 포장한다. '정의롭지 못한 정치는 가짜'라는 정언명령이 허튼 욕망을 수치(羞恥)로 만들기 때문이다. 그리하여 최소한의 부끄러움이라도 아는 정치 역학이 가동될 때, 정치의 기본기가 마련된다. 저 깊숙한 내면에 감추어진 사적 욕망들이 공공성이라는 초자아의 검열 앞에 고개를 숙일 때, 정치는 최소한의 윤리와 양심을 담보하게 된다. 어머니를 향한 욕망을 꺾는 오이디푸스처럼, 정치인들이 공적 이익을 위해 사적 야망을 애써 꺾는 척이라도 할 때, 비로소 가장 초보적인 수준일지라도 정치다운 정치가 시작된다.

이런 점에서 볼 때, 최근 한국 정치는 거의 야만의 수순에 떨어져 있다. '야만'이란 이드와 리비도와 본능이 이성적 자아와 초자아의 검열을 전혀 거치지 않은 채로 외화(外化)되는 현상을 지칭한다. '독재 타도'라는 말도 참 오랜만에 들어본다. 이 말이 진정성을 가지려면 이 말을 하는 주체가 이 말을 입 밖에 내는 순간, 체포, 구금, 고문, 죽음 등의 공포를 경험할 수도 있는 환경이 전제되어야 한다. 대한민국에서 이 말에는 그런 처절한 역사가 기록되어 있으며, 그리하여 이 말은 목숨을 걸고 민주주의를 위해 싸웠던 수많은 고난의 삶들을 환기한다. 그러나 지금은 누가 이런 말을 해도 잡혀갈 일이 없다. 전혀 다른 상황 속에서 울려 퍼지는 이 말이 공허하고 우스꽝스러운 이유가 바로 이것이다. 우리는, 개국 이래 최악의 독재 정권들을 줄줄이 생산했으며 그리하여 그들이 만든 대통령을 거의 예외 없이 감옥으로 보낸 정당이 이런 용어를 사용하는 희한한 시대에 살고 있다. 며칠 전 거대 야당의 원내 대표는 현직 대통령을 지지하는 사람들을 '달창(달빛 창녀단, 일베들의 용어)'이라 불러 물의를 일으켰다. 최대 야당의 70명에 가까운 국회의원들은 대한민국 헌법에 의해 감옥에 간 전직 대통령의 형 집행정지 청원서를 제출하면서, 현 정권을 나치에, 그리고 범죄 혐의를 가진 전직 대통령의 수감 상황을 아우슈비츠에 비유했다. 자신들이 '좌파'라고 비난하는 대상을 인류 역사상 최악의 '극우' 집단에 비교하고 있는 것이다. 거대 야당의 한 국회의원은 집회에서 "4대강 보 해체를 위한 다이너마이트를 빼앗아서 문재인 청와대를 폭파합시다."라고 외쳤다. 드디어 며칠 전 대구 집회에서 이 정당의 원내 대표는 시민들에게 "내년 총선에서 압승시켜달라."라고 주문했다. 이 모든 비논리와 난센스가 권력을 향한 전략적 언어임을 스스로 드러낸 것이다.

문제는 수사(修辭)이다. 비트겐슈타인의 말대로 "언어의 한계가 세계의 한계이다." 어두운 본능과 욕망은 누구나 가지고 있다. 존엄한 인간만이 자기 검열을 거친다. 선생은 선생대로, 정치인은 정치인대로, 예술가는 예술가대로 저마다 지켜야 할 게임의 규칙들을 가지고 있다. 정치 언어의 가장 기본적인 규칙은 사적 이해관계가 아니라 공공의 이익을 먼저 앞세우는 것이다. 성숙한 언어는 진리와 정의의 약호로 악과 이기심과 부도덕을 검열한다. 건강한 언어는 주체 안의 어두움과 싸움으로써 파괴와 악의와 불륜을 넘어선다. 어두운 내면이 아무런 옷을 거치지 않고 노골적으로 표현될 때, 우리는 몸의 추악함을 목도한다. 백주 대낮에 발가벗겨진 정신의 알몸을 들여다보는 것처럼 곤혹스러운 일은 없다. 비합리적 합리화의 언어에서 우리는 죽은 정신, 타락한 영혼을 본다. 출구가 사라진 언어의 아포리아에는 어두운 욕망만이 고깃덩어리처럼 걸려 있다.

언어가 현실을 만든다. 가짜 언어가 가짜 신념을 만든다. 신념이 되어버린 언어는 그 자체로 물성(物性)을 가진 현실이 된다. 건강한 필터링을 거치지 않은 언어는 이기적이고 파괴적인 힘이 된다. 힘을 가진 소수 공인(公人)들의 나쁜 문장들이 나쁜 연결과 결속으로 나쁜 현실을 만든다. 물론 정치는 (랑시에르의 말대로) 일치가 아니라 '불일치'를 생산하는 것이다. 그러나 불일치는 동물이 아니라 자기 검열과 초자아의 필터링을 거친 성숙한 인간의 언어로 이루어져야 한다. 그것이 정치의 책임이고 의무이다.

머나먼 선진국

최근 구미의 한 원룸에서 생후 16개월밖에 안 된 아기가 20대 후반의 아버지와 함께 나란히 죽은 채 발견되었다. 아버지는 사실혼 관계에 있던 동거녀와 수개월 전 헤어진 후 아기와 단둘이 살아온 것으로 알려졌다. 타살이나 자살 흔적이 전혀 없으며 사망한 지 일주일 정도 지난 것으로 보아 경찰은 아버지가 지병으로 먼저 사망하고 아기는 그 옆에서 굶어 죽은 것으로 추정하고 있다. 출생신고조차 되어 있지 않았던 아기는 배고픔이 무엇이고, 부모의 존재가 무엇이며, 삶과 죽음이 무엇인지도 모른 채 아빠와 함께 하늘나라로 떠났다. 얼마 전 "창피하지만, 몇 일째 아무 것도 못 먹어서 남은 밥이랑 김치가 있으면 저희 집 문 좀 두들겨 주세요."라는 쪽지를 남기고 죽은 가난한 예술가, 마지막 집세와 공과금을 남기고 자살한 송파 세 모녀 사건 등, 잊을 만하면 극단적 가난과 고독

속에서 죽어간 사람들의 소식이 들려온다. 이런 사건들은 동시대를 살아가는 사람들의 가슴에 씻을 수 없는 상처로 남는다. 그것들은 우리 모두의 수치스러운 '주홍 글자'이기 때문이다. 문제는 이런 소식들이 정반대의 다른 소식들과 함께 들려오는 데 있다. 가령 지난 1분기에 해외에 나가 한국인들이 쓴 돈이 역대 최대를 기록했다는 뉴스 같은 것 말이다. 어떤 사람들이 해외에 나가 세 달 사이에 85억 불을 쓰는 동안, 어떤 사람들은 무일푼과 무관심 속에서 죽어나간다. 한쪽에서 행복의 로망스가 울려 퍼질 때, 다른 한쪽에서는 애끓는 장송곡이 울려 퍼진다.

너무나도 다른 이 두 세계를 어떻게 조율할 것인가. 도대체 누가, 무엇을, 어떻게 해야 할 것인가. 말할 것도 없이 이 조율의 가장 외곽에 있는 시스템이 바로 정치이다. 아리스토텔레스에 의하면 정치란 "인간을 위한 최상의 선을 연구하는 것"이다. 정치는 국가의 내부와 외부에서 '최상의 선'을 실현하라고 존재하는 것이다. 정치는 내부에서 전체를 조망하면서 신음과 통곡의 소리들을 민감하게 포착해야 하고, 그것을 안도와 희망의 소리로 바꾸어놓아야 한다. 정치는 외부에서 평화의 파수꾼이 되어 내부의 구성원들을 광기의 폭력으로부터 지켜야 한다. 이 어마어마한 일을 해야 하는 사람들이 바로 정치인들이다. 그러나 안타깝게도 우리 사회에서 가장 낙후되어 있으며, 가장 문제가 많고, 가장 한심한 영역이 있다면, 그것은 바로 정치이다. 문제는 이 '나쁜 정치'가 사회의 다른 섹터들, 가령 경제, 문화, 교육 등 사회의 전 영역에 스며들어 있으며 그곳에서 온갖 부패와 부정과 악을 생산하고 있다는 것이다. 내부의 절절한 소음들을 '최상의 선'으로 조율해야 할 정치가 온갖 영역에서 없어도 좋을 소음을 불러일으키고 있다. 가장 규모가 큰 범죄들은 정치인들이 독점(!)하고 있으며, 그들의 '땡깡' 때문에 쉽게 될 일도 되지 않는다. 국회는 뻑 하면 개점휴업 상태이고, 온라인에는 단식을 한다며 속옷 차림에 배꼽을 드러내고 국회의사당 앞에 누워 있는 정치인의 사진이 돌아다닌다. 이 가난한 정치에서 무엇이 나올까.

정치인들이 '최상의 선'이 아니라 '최하의 악'을 생산할 때 죽어나가는 것은 바로 국민들이다. 저급한 정치가 존엄한 국민들의 머리 위에서 온갖 소란을 떨지 않게 하려면, 먼저 좋은 시스템이 만들어져야 한다. 기본적인 시스템이 잘 구비된 '선진' 국가는 진보나 보수 어느 쪽이 정권을 잡아도 별로 시끄럽지 않고, 어지간하면 저절로 잘 굴러간다. 선진국이란 진보든 보수든 누구나 동의할 수밖에 없는 '기본'을 잘 구비하고 있는 나라에 다름 아니기 때문이다. 그렇다면 대한민국은 안타깝게도 아직 선진국이 아니다. 기본이 안 되어 있는 영역이 너무나 많기 때문이다. 기본이란 무엇인가. 사회안전망을 확고히 하고, 경제를 민주화하며, 항구적 평화를 정착시키는 것이다. 그 길이 이렇게 멀다.

해서 되는 일과 안 되는 일의 경계

성공학이라는 괴물

언제부터인가 '성공'이라는 가치가 우리 사회를 압도적으로 지배하고 있다. 사람들이 성공에 더 매달리는 현상은 성공이 점점 더 '희박한' 가치가 되고 있다는 반증이다. 성공이 가장 어려워진 시대에, 성공할 확률이 별로 없는 사람들이, 성공의 성취에 올인하고 있는 모습은, 그 대열에 속한 사람들에게는 가장 고통스럽고도 불행한 그림이다.

초등학교부터 대학을 졸업하고 취업을 할 때까지 오로지 상위 일 프로에 들어야 한다는 강박증이 대부분의 학생들과 학부모들의 머릿속에 꽉 차 있다. 서울 시내 모 명문(?) 초등학교의 교가에 들어 있는 '공부 잘해 성적도 제일 높이 올리리라'라는 가사는, 그대로 대부분의 학생과 학부모 들의 소망을 요약한다. 그러나 만일 성공이라는 것이 상위 1~5퍼센트 안에 드는 것을 가리킨다면, 이들 중 95~99퍼센트는 불행하게도 실패가 운명인 인생을 살고 있는 것이다. 추락의 숙명을 알면서도 계속 앞으로만 나아가는 사람들은 나이가 들어 '조직의 쓴맛'을 다 본 후에야 성공의 미망에서 벗어난다. 사실은 벗어나는 것이 아니라 포기하는 것이다. 대부분의 사람들이 겪는 이 '패배의 스토리'는 고통과 열등감과 자책과 자기 비하로 내면화된다.

그럼에도 불구하고 '성공학'이란 제목의 강연과 강의 들이 심지어 대학에서조차 호황을 이루는 것은, 우리 사회가 나쁜 의미의 '성공 이데올로기'에 빠져 있다는 증거이다. 문제는 '성공학'이란 정체불명의 담론이 말하는 '성공'이 넓은 의미의 '훌륭한 삶'이 아니라, 대부분 '출세'를 이야기하고 있다는 사실이다. 그러나 생각해보라. 동서고금을 막론하고 대다수의 사람들이 출세하는 사회는 존재하지 않는다. 출세하는 사람은 항상 소수이다. 그럼에도 불구하고 성공학 담론이 수많은 대중을 '성공'의 이름으로 유혹한다면, 이것은 심각한 속임수(!)가 아닐 수 없다. 심지어 종교 단체에서도 청소년들에게 성공(?)하여 사회적 '리더'가 될 것을 부추긴다. 그러나 맙소사, 리더는 항상 극소수이다. 성공의 미망에 빠진 대부분의 사람들이 (확률적인 의미에서) 출세하지 못한다.

성공학이라는 가면을 쓰고 있는 출세 이데올로기의 가장

큰 문제는, 그것이 출세만을 유일하고도 훌륭한 가치로 치부한다는 것이다. 이 이데올로기에 의하면, 경쟁에서 승리하지 못하는 인생은 무의미하다. 이 말은 성공 이데올로기가 우리 사회의 압도적 다수의 삶을 암암리에 무의미하거나 무가치한 것으로 간주한다는 것이다. 성공 이데올로기는 '훌륭한 삶'의 척도를 출세로 제한함으로써, 그것보다 훨씬 중요한 삶의 다양한 가치들을 배제한다. 이 배제는 '어떻게 살 것인가'라는 질문의 포괄성을 묵살함으로써, '사회적' 헌신·환대·사랑보다 경쟁에서의 '사적인' 승리를 훨씬 더 숭고한 가치로 몰고 간다. 이것은 공공의 문제를 파편화하고 개별화한다.

이리하여 또 다른 문제가 생산되는데, 그것은 바로 성공 이데올로기가 사회적 '시스템'의 문제를 '개인'의 문제로 환치한다는 것이다. 만일 다중(多衆)의 삶이 불행하다면 그것은 개인의 문제가 아니라 시스템의 문제이다. 그러나 성공 이데올로기는 사회 혹은 공공 단위로 향하는 시선을 차단한다. 그것은 자신의 경전(經典)인 성공학 교재들과 자기계발서를 들이밀며, (한마디로 말해) '당신'의 불행은 당신의 게으름 때문이고, 당신이 남보다 더 열심히 살지 않아서라고 말할 것이다. 성공 이데올로기는 이렇듯 교묘하게 시스템의 문제를 감춘다.

성공학이라는 괴물은 경쟁을 최우선의 가치로 간주하는 전

(全) 지구적 신자유주의의 적자(嫡子)이면서, 다중(多衆)에 대한 사회적 안전장치가 희박한 우리 사회의 이데올로기이다. 간단히 말해 패배자는 입 다물라는 것이다. 그러나 다중은 패배자가 아니며 더욱이 소수의 출세자들을 위한 존재가 아니다. 다중은 무수하게 다양한 훌륭한 가치들의 담지자들이다. 이 소중한 다수에게 성공학이라는 괴물이 입을 벌리고 있다. 그 심연을 바라보는 많은 사람들이 괴물을 닮아간다. 사람들은 자기 존재의 소중한 가치들을 망각하고, 괴물 앞에서 열등감과 자괴감에 시달린다. 누가 이들을 구할 것인가.

문학은 싸구려 연애질의 방패가 아니다

'박근혜-최순실 게이트'로 나라가 이 모양인데, 문단과 문화계가 성폭력 사건으로 아수라장이다. 물론 일부이긴 하지만, 불과 몇 주 사이에 여러 문인들의 이름이 데이트 폭행, 성추행, 성폭행 사건으로 각종 매체에 오르내리고 있다. 그중 일부는 본인들이 잘못을 시인하고, 더 이상 집필을 하지 않겠다는 등의 대응을 함으로써 일단 마무리되는 듯했지만, 이 사안은 '#문단_내_성폭력'이라는 해시 태그를 달고 계속 증폭되고 있다.

먼 봉건 시대에 '기생첩을 옆에 끼고' 치마폭에 시를 흘리던 문인들의 생활이 '풍류'의 이름으로 미화되던 시절이 있었다. '주색잡기'의 생활이 '치열함'의 외피로 포장되던 시절도 있었다. 예술가들의 '일탈적' 삶이 범부들은 감히 흉내도 못 낼 예술가들의 특권처럼 간주되던 시절이 있었다. 문제는 이런 풍습이 봉건 시대부터 21세기의 현재까지 외피와 강도(强度)만 변한 채 알게 모르게 계속되어 왔다는 사실이다. 알 만한 사람들은 소위 '문단'이라는 곳에서 그간 벌어진 온갖 추잡한 성 스캔들들을 다 기억한다. 심지어 '영웅호색(英雄好色)'의 분위기마저 있어서, 성적 일탈은 문인들 사이에 '신화'처럼 회자되기도 했다.

이제, 드디어, 이런 시대가 끝장나고 있는 것이다. 먼 과거에서 지금까지 관행처럼 벌어진 일들이 이제 와서 '사건'으로 불거진 이유는 간단하다. 여성을 주권과 인권을 가진 '사람'이 아니라 타자화된 '사물'로 대하는 태도의 야만성에 '공분(公憤)'하는 시대가 이제야 도래한 것이다. 이제야 우리 사회가 이러한 비판에 그 누구도 예외일 수 없다는 절박한 인식에 도달했고, 이것이 소위 '시민사회'로서 우리 사회의 성숙도를 반영하는 것이기는 하지만, 사안의 심각성을 생각하면, 도대체 우리는 얼마나 더딘가.

문단 내 성폭력이 더욱 문제인 것은 그것이 소위 '문하생'들에게 가해진 '갑질' 폭력이었다는 데 있다. 문하생이라는 명명 자체가 이미 봉건적 위계를 내포하고 있다. 이 단어는 '문하(門下)에서 배우는 제자'라는 뜻도 있지만, '권세가 있는 집에 드나드는 사람'이라는 의미도 있다. 문인들이 휘두른 폭력은 그것이 이른바 '권력(권세)'의 형태로 가동되었기 때문에 더욱 심각하다. 문단 내 성폭력에 연루된 문인들의 공통점은 문단 안에서 자신이 차지하는 '하찮은(!)'지위를 자랑하며 그것을 빌미로 상대를 유혹, 회유, 협박했다는 것이다. 잘못된 위계와 권력에 대해 누구보다도 분노하고 앞장서 싸워야 할 문인들이 (보잘것없는) 권세를 역설적이게도 문학(인)에 대해 가장 큰 동경을 가지고 있는 사람들에게 휘두른 것이다. 이들에게 문학은 자신들의 폭력적이고도 봉건적인 사생활을 감추는 '알리바이'에 불과했다. 심지어 10대 여성들에게까지 자행된 성폭력 앞에, 시는 하루아침에 허접스러운 '난봉꾼 면허증'으로 둔갑해버린 것이다.

문학(예술)은 모든 형태의 상식과 '공리(axiom)'에 대한 도전이고, 그런 의미에서 나름의 혁명성을 갖는다. 누군가 문학을 영원한 '아나키즘'이라 부른다면, 그것은 좁은 의미의 정치적 무정부주의가 아니라, 문제의 손쉬운 해결을 거부하는 '끝없는 질문태'로서의 문학을 지칭하는 것이다, 이것은 '봉건적 퇴행'과는 근본적으로 다른 것이다. 문학이 가지고 있는 이 도저(到底)한 본성 때문에, 문학은 때로 상식을 뒤엎고, 공리의 세계와 충돌한다. 세계문학사는 어찌 보면, 이런 도전의 역사이다. 그러나 문학인들의 '삶'이 저 봉건 시대의 오만한 '제

왕(帝王)'으로 돌아간다면, 그들에게 기대할 것은 더 이상 없다. 문인들이 자초하여 "제정신이 아니어서 분별력이란 찾아볼 수 없는 사람들(시인들)"(플라톤)이 된다면, 그들은 플라톤의 '국가'에서 시인들이 쫓겨났듯이 진리의 나라에서 추방될 것이다.

나라가 풍전등화의 위기에 처해 있으니, 이런 이야기를 하는 것도 사실 송구스럽다. 이것 때문에 '박근혜-최순실 게이트' 담론이 흐트러지기를 원하지 않는다. 문학은 싸구려 연애질과 외도의 방패가 아니다. 그리고 "모든 행위는 선을 위한 수단이 되어야 한다."(소크라테스)

해서 되는 일과 안 되는 일의 경계

16년 전 연구년을 해외에서 보냈던 일이 기억난다. 그 당시 외국에 처음 가보아서인지 우리와 다른 그들의 문화에 매우 민감했는데, 그 당시 내가 받은 문화적 충격 중 가장 큰 일은, 해서 되는 일과 해서는 안 될 일의 분명한 경계였다. 자유로운 대학 캠퍼스에서조차 정해진 주차 장소가 아닌 다른 곳에 '은근슬쩍' 차를 대면 한 시간 이내에 예외 없이 '딱지'가 붙었다. 운전면허증을 소지하지 않았을 경우에는 또 예외 없이 법정에 출두해 재판을 받아야 했다. 해서 되는 일과 안 되는 일 사이의 구분이 명확했다. 그리스신화의 오르페우스는 뒤돌아보면 안 된다는 하데스의 명령을 어기는 순간 명계(冥界)로부터 겨우 구해낸 아내를 다시 잃었다. 그가 아내를 다시 만난 것은 죽음의 정거장을 거친 다음의 내세에서였다. 나치의 전범들은 세기가 바뀐 지금까지도 계속해서 추적당하고 죄가 발각될 경우 엄중한 처벌을 받는다.

개인/사회 사이에 소위 계약이라는 것이 존재하고 그것을 위반하면 위반의 경중에 따라 반드시 책임을 묻는 것, 그리고 그것에 도무지 예외가 없다는 것은 어찌 보면 숨이 막히는 일이기도 하다. 급할 때 적당히 아무 곳에나 차를 세워도 크게 문제가 되지 않고, 설사 경찰에 걸려도 대충 이야기를 나누다 보면 풀려날 구멍이 있는 우리의 현실이 어떤 때는 정말 마음을 편하게 해준다. 심지어 사람 사는 일이 다 이런 게 아니냐는 생각이 들 때조차 있다. 그러나 과연 그럴까. 작금의 우리의 현실을 보면 되는 일과 안 되는 일 사이의 경계가 불분명하고 또 언제나 무너질 수 있기 때문에 더 많은 문제가 발생하고 있다. 관공서, 학교, 사업장, 언론, 법정, 말 그대로 어디를 가든, 모든 곳에서 '어영부영'과 '은근슬쩍'의 문법이 통한다. 경계는 수시로 무너지고, 징벌의 수위를 정하는 일에도 원칙이 잘 지켜지지 않는다. 친일을 해도, 각종 사건을 조작해도, 불법 비자금을 만들어도, 결국은 어영부영 다 넘어온 것이 우리의 근현대사이다.

이 '얼렁뚱땅'의 문법이 심각한 지경까지 온 것을 보여주는 대표적인 사례 중의 하나가 작금의 표절 사태이다. 어찌 보면 '진실의 마지막 보루'일 예술의 영역에서 표절(도둑질) 사태가 불거져 온 세상이 다 뜨거워졌다. 사람들을 더 분개하게 만드는 것은, 표절을 해서는 안 된다는 원칙이 무너진 것보다 그 원칙을 무너뜨린 행위에 대한 당사자들의 대응이었다. 해당 작가도 출판사들도 (그들이 지금까지 진리와 예술의 이름으로 그렇게 비판해 마지않은) '어영부영 학교'의 충실한 학생이 되어 있음을 보여주었다. 작가는 표절을 선명하게 인정하지 않았고 출판사들은 책임이 담긴 적극적이고도 구체적인 대안을 제시하지 않았다. 나는 예술 영역이니만큼 이 사태에 법이 개입하는 것을 원치 않는다. 작가와 출판사가 해서 될 일과 안 될 일의 명백한 경계를 다시 생각하고, 그 경계를 넘어선 것에 대한 적극적이고도 구체적인 처신을 보여주어야 한다. 오르페우스가 죽음을 경유하고 나서야 아내 에우리디케를 다시 만날 수 있었던 것처럼, 적극적인 자기 징벌을 통해 작가와 해당 출판사들은 죽음에서 삶으로 다시 넘어갈 것이다. 한 번의 실수로 모든 것을 잃는 것이 아니라, 한 번의 진실한 반성으로 모든 것을 다시 회복하는 길이 있는 것이다. 그러할 때 구경꾼들도 그들이 (표절 외에) 지난 수십 년 동안 진리의 이름으로 축적해온 소중한 성과들을 다시 인정할 것이다. 구경꾼들도 '목욕물을 버리면서 아이까지 버리는 오류'를 원치 않기 때문이다. 해당 출판사에서 책을 내기 위해 수많은 작가들이 줄을 서 있다. 출판 결정이 나도 때로 몇 년씩 기다려야 한다는 이야기까지 나온다. 이런 '권력'이 도대체 무엇이 두려운가. 이 중 어떤 출판사는 70~80년대를 거치면서 '나쁜' 권력과 목숨 걸고 싸웠다. 다시 묻는다. 무엇이 두려운가. 참된 반성이 진짜 힘이다.

다른 집 애들처럼 살지 않기

조지 엘리엇의 《플로스 강변의 물방앗간》의 앞부분을 보면 주인공 매기의 어머니가 "다른 집 애들처럼" 자기 딸의 헤어스타일을 고집하는 대목이 나온다. 다른 집 애들처럼 살아야 '안전빵'이라고 생각하기 때문이다.

국가 단위의 부는 소위 '선진국' 수준이라지만 개인 단위로 볼 때 사는 일이 녹록지 않다. 현재 50 중후반의 나이에 있는 친구들을 보면 거의 대부분 '우연'과 '요행'에 모든 것을 걸고 산다. 직장에서 쫓겨나고, 가진 돈도 없고, 평균수명이 늘어나 앞으로도 20여 년을 더 살아야 하는데 아무런 노후 대책도 없다. 자식들은 부모 부양의 정서도 능력도 없다. 가족도 친구도 국가도, 아무도 이들의 생계, 아니 생명을 책임져주지 않는다. 걸리는 대로, 닥치는 대로 일을 하니, 이 모든 게 대책 없는 '모험'이다. 동네 가게들은 수시로 주인이 바뀌고, 가게 외에 달리 할 것도 없어 퇴직금 털어 가게를 열었다가 거덜 나는 사람들이 한둘이 아니다. 한마디로 말해 '불안 사회'이다.

불안 사회를 주도하는 대표적 정서는 남들처럼 사는 것이다. 매기의 어머니가 '다른 집 애들처럼' 자기 딸이 자라주기를 바라는 것도 불안 때문이다. 불안을 조장하는 사회는 수많은 '자동인형'을 양산한다. 주체적·비판적인 사유를 포기한 '일차원적 인간'들 말이다. 자기 생각이 없으니 남들이 하는 대로 따라하고, 남들이 사는 방식을 서둘러 쫓아간다. 그러니 속된 말로 '가랑이 찢어지는' 것이다. 국가 단위의 부가 증폭되면서 소비 지수가 엄청나게 높아졌다. 성인 식구 수대로 자가용이 다 있어야 하고, 일주일에 한 번 정도 외식을 해야 하며, 가끔 해외여행도 가주어야 하고, 신발도 나이키나 아디다스 정도는 신어주어야 한다. 남들이 하는 소비 패턴을 따라 하지 않으면 불행하다고 생각한다. 이런 소비문화의 배후에 산업이, 자본이 있다. (그럴 리야 없지만) 만일 압도적 다수가 이런 식의 소비를 거부한다면 시스템은 당장 무너지고 말 것이다. 그러니까 시스템은 자동인형의 양산을 선호할 수밖에 없다. 그리하여 대부분의 사람들이 '다른 집 애들처럼' 살도록 '유도'된다. 쥐꼬리만 한 월급으로 집채만 한 사교육비를 지

불한다. 우리 애들도 '다른 집 애들처럼' 키워야 하니까.

그러나 생각해보라. 인구 대비 '세속적(!)' '성공 인구'를 넉넉히 상위 10퍼센트로 잡아주자. '다른 집 애들처럼' 죽어라 키워봐야 확률적 90퍼센트는 세속적 실패자, 소위 루저가 되는 것이다. 그렇게 죽자 살자 사교육에 몰두하고 있는 학부모의 90퍼센트는 어차피 '공부 못하는' 자식을 둘 수밖에 없다. 결국 '다른 집 애들처럼'의 방식대로 사는 것은, 불안 때문에, 공포 때문에, 90퍼센트의 실패 확률에 모든 것을 투자하는 것이다.

'불안 사회'의 불안을 해소할 궁극적인 책임은 당연히 국가에 있다. 그러나 그 성취가 더디다면 당장 어떻게 살 것인가. 이것 역시 또 하나의 모험이지만, '다른 집 애들처럼' 살지 말아야 한다. 그러자면 가치의 전복이 필요하다. 대기업에 입사 못 하면, 세칭 명문대에 못 들어가면, 연봉 얼마 이상 아니면 실패한 인생이라는 단순하고도 못된 생각(이런 기준에 의하면 모든 성자들은 형편없는 실패자들이다)에 도전하는 것이다.

오래전 바닷가의 한 호텔에서 우연히 목격한 일이다. 변전기를 에워싼 철조망에 갈매기 한 마리가 갇힌 채 쩔쩔매고 있었다. 우연히 철조망 안으로 날아든 갈매기는 철조망의 구멍만을 유일한 출구로 생각하는 것 같았다. 구멍마다 목을 들이밀며 갈매기는 무려 한 시간 이상을 헤매다가 겨우 날아갔다. 그 한 시간 동안 갈매기는 자신에게 날개가 있다는 사실을 망각했던 것이다. '다른 집 애들처럼' 세상을 보면 철조망 구멍밖에 보이는 것이 없다. 아쉽게도 그 길은 대부분의 사람들에게 출구가 아니다. 그러니 다른 길과 다른 가치와 다른 세상에 대한 상상력이 필요하다. 자동인형이 아니라 다양성을 앞세운 창조적 개체들이 넘칠 때, 시스템은 반성의 계기를 갖게 될 것이다. 획일성을 거부하는 것, 존엄한 인간이 할 일이다.

사실과 해석

셰익스피어의 《오셀로》를 보면 많은 생각이 오고 간다. 오셀로는 악당 이야고의 계략에 넘어가 아무 잘못도 없는 부인 데스데모나를 부정하다고 의심하고 목 졸라 죽인다. 무엇이 그로 하여금 '정숙(貞淑)'한 여인을 '부정(不貞)'한 여인으로 읽게 만들었을까. 무엇이 세상에서 가장 사랑하던 여인을 가장 심각한 증오의 대상으로 만들었을까. 그것은 바로 이야고가 유도한 질투 때문이었다. 데스데모나의 정숙이 '사실'이었다면, 그녀의 부정은 사실과 무관한 (오셀로의) '해석'이었다. 불행하게도 사실과 해석 사이에 '질투'라는 왜곡의 프리즘이 끼어 있었던 것이다.

오셀로의 비극은 단지 문학작품에나 나오는 이야기가 아니다. 우리가 '사실'이라고 믿고 있는 많은 것들이, 사실이 아니라 '해석'의 결과물인 경우가 허다하다. 사람들은 늘 어떤 매개물을 통해서 사물을 바라본다. 이해관계, 취향, 정서, 이데올로기, 신념 등이 항상 끼어드는 것이다. 사람들이 찰떡같이 사실이라고 믿고 있는 것들은, 대부분 사실이 아니라 이와 같은 매개물들을 통해 읽어낸 것이다. 문제는 우리가 오셀로처럼 해석을 (아무런 의심 없이) 사실로 받아들인다는 데 있다. 플라톤의 '동굴의 비유'에 나오는 사람들을 보라. 어릴 때부터 평생을 동굴의 벽만 바라보도록 사지(四肢)가 묶여 있는 사람들은, 등 뒤의 불빛이 벽에 그려낸 그림자를 실물로 착각하며 살아간다. 동굴 밖으로 나온 다음에야 그것이 실물이 아니라 그림자라는 사실을 알게 된다.

알튀세르의 말마따나 "이데올로기 내부에는 아무런 모순이 없다." 모든 이데올로기는 사실과 해석을 동일시한다. 그리하여 해석을 사실로 믿게 하는 것, 그것이 이데올로기이다. 이데올로기는 해석을 사실로, 그림자를 실물로 믿게 만들기 때문에, 적어도 그 내부에서 보면 아무런 문제(모순)가 없어 보인다.

이런 왜곡이 우리의 일상생활을 지배한다. 우리는 자식, 이웃, 배우자뿐만 아니라 우리 주변에서 일어나는 다양한 사회적 현상들을 '해석'하고, 그 해석을 '사실'이라고 믿는다. 그러나 우리가 사실에 대한 객관적 지식(episteme)이라고 확신하는 많은 것이, 개인적인 신념 혹은 의견(doxa)에 불과하다면 어떻게 할 것인가. 놀랍게도 이런 사례는 허다하다.

팔레스타인 출신의 문학평론가 에드워드 사이드는 이런 점을 들어 모든 지식(혹은 문학 텍스트)의 '세속성(worldliness)'에 대하여 언급한다. 말하자면 '무사 공평한', 객관적 지식은 없다는 것이다. 모든 지식에는 개인 혹은 집단의 '세속적' 이해관계, 이데올로기, 취향이 개입된다. 그에 의하면 문자 그대로 '순수한' 지식이란 없다.

버젓이 눈앞에 있는 '사실'들에 대해서도 이러할진대, 발생과 동시에 사라지는 '역사적 사실'에 대해서는 어떤 일이 벌어질까. 잘 보라. 우리가 사실로 착각하고 있는 모든 역사는 이미 사라지고 없다. 남은 것은 '문자화된 역사', 다른 말로 하면 '해석된 역사'밖에 없는 것이다.

최근에 국사 교과서의 국정화 문제 때문에 온 나라가 시끄럽다. 다시 말하지만, 사실로서의 역사는 이미 사라지고, 남은 것은 그것에 대한 해석밖에 없다. 교과서를 국정화한다는 것은 바로 이 해석의 권리를 국가(정확히 말하면 정부)가 독점하겠다는 것이다. 막말로 누가 그 권리를 독점해도 상관없다고 치자. 그러나 반드시 전제가 있어야 한다. 그것은 바로 '해석의 무오류성'이다. 그런데 정부뿐만 아니라, (신이 아닌 다음에야) 지상의 그 누가 감히 이 해석의 무오류성을 장담할 것인

가. 그래서 '국사 교과서 쓰기'라는 '해석'의 통로는 다양하게 열어놓아야 한다. 다양한 해석들이 서로 충돌하고 영향을 주고받으며 해석의 오류를 최대한 줄여나가는 것, 그리하여 어렵지만 공동체의 동의(同意)를 이끌어내는 것, 그것이 성숙을 지향하는 사회가 나아갈 길이다. 정부가 해석을 독점하겠다는 것은 다수 국민을 자기만의 동굴에 가두겠다는 것이다. 플라톤의 동굴 이야기에 나오는 사람들처럼 살고 싶은가. 그림자를 실물로 계속 믿고 싶은가. 동굴 밖으로 나오라. 그림자는 그림자일 뿐, 실물이 아니다.

불편한 인문학을 위하여

온 나라에 인문학이라는 유령이 출몰하고 있다. 각종 문화 센터에, 방송에, 도서관에, 심지어 카페에서도 인문학 강좌들이 줄을 잇는다. 인문학 강의를 찾는 대부분의 사람들이 '힐링'을 기대한다. 도대체 그들은 어디가 아픈 것이며 인문학은 과연 그들에게 묘약인가. 많은 사람들이 오해하는 것이 있다. 인문학을 무슨 정신의 외상을 치료하는 만능 '아카징끼' 정도로 생각하는 것이다. 인문학이라는 '빨간약'을 바르면 금세 영혼의 새살이 오르고 세련된 교양의 소유자가 될 것이라는 착각 말이다.

인문학은 짧은 시간에 정신의 외양을 바꾸어놓는 장식품이 아니다. 인문학은 손쉬운 정답 기계가 아니라 불편한 '질문'이다. 인문학은 인간과 세계에 대하여 당연하다고 생각하는 모든 것을 근저에서 의심한다. 당연한 것은 없다. 인문학은 '공리(公理, axiom)'를 의심하므로 그것을 찰떡같이 믿는 사람들에게는 일종의 '삐딱하게 보기'처럼 느껴질 수도 있다. 대충 봐서 보이지 않는 것이 삐딱하게 파고들 때 보인다. 세상을 삐딱하게 보기 시작하면 그때부터 '혼란'이 시작된다. 무비판적으로 믿어왔던 세계가 와르르 무너지기 때문이다.

알랭 바디우에 따르면 이런 의미에서 철학의 목표는 "젊은이들을 타락시키는 것"이다. 여기에서 타락시킨다는 것은 "기존의 의견들에 대한 맹목적인 복종을 전적으로 거부할 가능성을 가르치는 것"을 의미한다. 소크라테스도 젊은이들을 타락시키고 국가의 여러 신(神)들을 믿지 않았다는 죄목으로 사형선고를 받았다. 여기에서 '국가의 여러 신들'이란 그리스 신전의 신들을 의미하면서 동시에 당시 그리스 사회를 지배하던 공리를 의미하는 것이다. 왜 아니겠는가. 소크라테스는 입만 열면 질문을 던졌으며, 그의 철학은 질문에서 시작해서 질문으로 끝났다. 그는 '너 자신'까지도 의심할 것을 요구하였다.

확실하지 못한 모든 것은 질문과 회의의 대상이 되어야 한다. 질문을 억압하는 사회는 무언가를 숨기고 있는 사회이며, 수많은 질문을 다 견뎌낸 명제야말로 우리가 유일하게 믿을 만한 것이다. 이렇듯 인문학은 값싼 치유를 주는 것이 아니라, 질문 부재의 안온한 삶을 뒤흔드는 것이다. 질문을 거부하는 사회에게 인문학은 최대의 적이며 불편한 대상이다. 인문학은 시스템의 뿌리까지 파고들어 '왜?'라는 질문을 끊임없이 던지기 때문이다.

2007년 하버드대학에서 나온 보고서에 의하면, 하버드 '교양 교육(liberal education)'의 목표는 "추정된 사실들을 동요시키고, 친숙한 것들을 낯설게 만들며, 겉으로 그럴싸하게 보이는 것들의 아래와 배후에서 일어나는 것들을 드러내고, 젊은이들의 방향감각을 혼란시키며, 스스로 다시 방향을 잡을 수 있는 방법을 찾도록 도와주는 것"이다. 하버드 교양 교육의 목표는 놀랍게도 소크라테스의 죄목을 그대로 이어받고 있다.

최근의 인문학 열풍은 과연 이 불편한 질문들의 확산인가. 모든 인문학 강좌에 이런 혐의를 둘 수는 없다. 다만 일회성 치유의 값싼 위로들 앞에 인문학이란 이름을 붙여서는 안 된다. 교육부의 프라임 사업(PRIME, 산업연계교육 활성화 선도대학사업)으로 당장 2017학년부터 인문·사회 계열의 정원이 2,500여 명 줄어들고 이공계열 정원은 4,400여 명이 늘어난다. 구조 조정의 이름으로 인문학 계열 학과의 정원 축소 혹은 폐과가 속출하고 있다. 총 6000억 원의 지원금 앞에서 대학과 인문학의 이념은 산산이 찢기고 있다. 소위 '대학 인문역량 강화사업'(CORE, 코어사업)의 이름으로 인문학은 융복합의 실험 학문으로 거듭나기(?) 위해 제 살을 갉아먹고 있다. 여기에도 총 600억 원이라는 자본의 당근이 있다. 질문을 죽이고 그 자리를 '성과'와 '생산성'으로 바꿔치기하는 정책들이 '인문역량 강화사업'의 이름으로 진행되고 있는 것이다.

질문은 '성찰'과 '반성'의 다른 이름이다. 사회의 모든 영역이 이 일에 매달릴 수는 없다. 그러나 질문이 없고 닫힌 추론과 공리만 있는 사회는 사상누각이다. 적어도 공동체의 일부는 계속 반성적 질문을 던져야 한다. 인문학의 목줄을 조이지 마라.

블랙리스트와 문화 융성

블랙리스트로 온 세상이 소요(騷擾)하다. 청와대에서 문체부로 내려온 것으로 알려진 블랙리스트에는 무려 9473명이나 되는 예술가들의 이름이 올라 있다. 단지 특정 사안에서 정부와 입장을 달리했다는 이유만으로 수많은 예술가들이 검열과 억압의 대상이 된 것이다. 이 '배제의 목록'에는 노벨문학상 후보로 언급되어온 고은 시인, 맨부커 인터내셔널상 수상 작가인 한강을 포함해 배우 송강호 등, 이름만 대면 다 아는 예술인들이 수두룩하다. 그동안 현 정부가 입만 열면 외쳐온 '통합'과 '문화 융성'이 거짓말이었거나, 그들만의 무리 짓기, 그들만의 '문화 리그' 만들기였음이 만천하에 드러난 것이다. 블랙리스트의 존재는 예술과 문화에 대한 박근혜 정부의 인식이 '유아적 파시즘'의 수준에 머물러 있음을 잘 보여준다.

예술은 근본적으로 모든 형태의 '규범' · 공리(公理) · 상투성에 대한 '의심'이고 도전이며, 불가능한 것과 도달할 수 없는 것의 실현을 꿈꾼다. 절대성과 완전성에 대한 이와 같은 탐구야말로 예술의 성격이고 운명이다. 이 때문에 예술은 종종 사회와 불화하고, 예술인들은 '불온한(?)' 존재처럼 보이기도 한다. 랭보의 시에 "논리적인 봉기들(révolts logiques)"이라는 표현이 나오지만, 예술은 때로 논리조차도 거부하는 '문화적' 봉기의 구성물이다. 흔히들 예술에서 '창조'의 가치를 찾아내는데, 예술적 창조야말로 이와 같은 반(反)규범, 반(反)상투성, 반(反)공리라는 문화적 태도에서 비롯되는 것이다. 한 나라가 예술을 존중한다면 예술의 본질인 이와 같은 저항성, 즉 선의의 '삐딱함'에 대한 기본적인 이해와 격려가 필수적이다. 이것을 거부한다면, 그것은 '창조'와 관련된 모든 기획을 포기하는 것이나 마찬가지이다.

최근 들어 문화가 새로운 관심사로 부상된 이유 중의 하나는 그것이 어느새 '산업'이 되어버렸기 때문이다. 정치와 경제의 들러리였던 문화가 이제는 엄청난 재화이자 막강한 사회·정치적 영향력의 보고(寶庫)가 되어버린 것이다. 정부가 '문화융성'을 국정 과제로 내세운 것도 바로 이런 맥락 때문이다. 그러나 최근의 사태가 보여주듯이 박근혜 정부는 문화의 핵심적 주체가 바로 예술이며 예술가들이라는 사실을 대놓고(!)

거부하고 있다. 블랙리스트를 통해 '문화 융성'의 핵심 주체인 다수 예술가들을 배제하고 도대체 무슨 문화 융성을 하겠다는 것인가. 주체들이 빠진 한국의 '문화 융성'의 마당은, 행정 관료들과 주변부 문화 '산업의 역군들', 즉 관광, 레저, 스포츠, 게임, 엔터테인먼트, 광고, 카지노 등을 둘러싼 돈벌이와 권력 싸움의 장으로 전락하고 말았다. 아도르노와 호르크하이머에 의하면 이런 의미의 '문화 산업'은 개인의 여가 시간을 착취하고 상품화하며 문화 욕구를 소비 욕구로 조작한다. 그것은 문화의 외피를 쓴 돈벌이일 뿐이다.

문화 융성을 하려면 창조의 근원인 예술가들을 동심원의 중심에 놓고 출발해야 한다. 데이비드 스로스비(호주 맥쿼리대 석좌교수)는 소위 '창조 산업'이 제대로 가동되려면 "산업 동심원의 가장 안쪽에 독창적 아이디어를 바탕으로 한 영화·음악·문학 등 문화예술이 자리를 잡아야 하며, 창조 산업이 다른 분야에 파급 효과를 미치기 위해서는 이러한 핵들이 잘 유지되는 것이 중요하다."라고 하였다. 블랙리스트는 이 문화 동심원의 핵을 향한 공격이고 배제이므로 스스로 창조 산업, 창조 경제의 '엔진(동력)'을 삭제하는 일에 다름 아니다. 핵심을 죽이는 것은 콘텐츠를 죽이는 일이고, 이 텅 빈 자리에 중앙·지역 단위의 행정 관료들과 돈벌이에 눈먼 자본가들이 까

마귀 떼처럼 몰려들 때, 문화는 융성이 아니라 사망의 길을 가는 것이다. 최근의 사태가 최순실 주변의 한 인물을 '문화계의 황태자'로 만든 것이 바로 이런 예이다.

규범 중심의 사회는 모든 새로운 발상과 표현에 대해 공포와 두려움을 가지고 있다. 미안하게도(?) 예술은 모든 클리셰(cliche)에 대한 도전이고 파괴이다. 영원히 효력을 갖는 형식이란 없다. 브레히트의 말마따나 "현실은 변하고 새로운 문제들이 부상한다. 따라서 현실을 담는 그릇도 변해야 하는 것이다."

사유화된 가정과 공공 영역

한나 아렌트는 《인간의 조건》에서 가정을 "가장 엄격한 불평등의 장소"라고 하였다. 가정은 시민사회와 쉽게 분리되면서 수시로 '사적인' 공간으로 둔갑한다. 사적인 공간이란 타자가 존재하지 않는 공간, 타자를 생각하지 않아도 되는 공간이다. 가정이 과도하게 사적인 공간이 될 때, '사회법'은 그 앞에서 종종 무용지물이 된다. 가정의 최고 권력자인 가장이 안에서 문을 걸어 잠글 때, 가정은 광장의 기억을 잊는다. 지난 7월 11일 밤에 일어난 한 사건은 경악을 넘어서 할 말을 잊게 만든다. 20대 부부가 세 살 난 아이의 목에 애완견의 목줄을 채워 옆방에 방치한 채 친척과 새벽까지 술을 마셨고, 그들이 술에 취해 놀고 있을 때 아이가 죽었다. 문장으로 옮겨놓기도 부끄러운 이 사건은 '사유화된' 가정의 황폐함을 고스란히 보여준다.

르네상스 이후 근대 사회가 자율적이고 독립적인 주체로서의 '개인'을 만들어내는 동안, 제도와 시스템의 노예였던 인간들은 천부(天賦)의 인권을 가진 존재로 거듭 태어났다. 인간은 누구나 평등하고 자유로운 개체로서 자신만의 고유한 삶을 향유할 수 있게 되었으며, 사회법을 위반하지 않는 한 그 어떤 체제도 개인의 자유를 침해할 수 없게 되었다. 그렇게 해방된 '개인'들이 모여 근대적 '개인주의'를 만들어냈고, 자유로운 개인들이 온 세계를 활보했다. 그러나 이 새로운 '인간 해방'은 과거에는 없던 새로운 문화를 만들어냈는데, 그것은 바로 공공 영역의 약화와 가정의 사유화이다.

공동체가 살아 있던 사회에서 가정은 늘 타자들에게 열려 있었다. 옆집의 숟가락 개수까지 다 알던 시대가 그런 시대이다. 한 집안의 경사는 마을 전체의 경사였고, 한 집안에서 일어나는 만행(蠻行)은 온 마을의 비난의 대상이 되었다. 지금은 사정이 달라졌다. 비(非)사회적 개인들과 비사회적 가정이 양산되면서 공간상의 '옆집'도 이제는 '부재(不在)의 집'이 되어 버렸다. 옆집에서 누가 굶어 죽어도, 어린아이가 개 목줄에 묶여 있어도 사정을 알 도리가 없다. 사생활이 범죄의 형태로 외부에 노출되기 직전까지 가정은 무법천지, 정의 대신 폭력이 지배하는 공간이 될 가능성이 커졌다.

과도하게 사유화된 가정들, 공적 담론의 세계와 단절된 가정들을 지배하는 것은 '사유화된 법'이다. 사유화된 법은 '공의(公義)'의 원칙을 무시하므로 자의적이다. 한마디로 말해 '제멋대로'인 것이다. 이런 가정 안에서 가족의 구성원들은, 아무런 통제도 없이 각자 자신의 권력의 크기에 따라, 다른 가족들에게 자신의 사적인 '취향'들을 '당위'의 형태로 강요한다. 몇 년 전 "엄마가 원하는 학교에 못 가서" 투신자살한 한 고등학생의 이야기가 보도된 적이 있다. 이 학생에게 강요된 '학교'는 '당위'가 아니라 엄마의 '취향'이었다. 엄마의 지극히 사적인 욕심이 자식을 죽인 것이다. 공적 담론이 차단된 가정에서 상식이 무너지고 합리적 사유가 설 자리를 잃는다. 분란이 일어나고 통제 불가능한 언어·물리적 폭력이 난무한다. 가정사이니 아무나 끼어들기도 힘들다.

이렇게 사유화의 강도가 높은 공간일수록 억견(臆見, doxa)이 지배할 가능성도 높아진다. 사유화된 공간은 개성과 차이를 생산하는 공간이면서 동시에 편견과 무법과 폭력에 가장 많이 노출되어 있는 공간이다. 그리하여 사유화된 공간의 건강성은 공적인 담론의 세계와 그것이 얼마나 제대로 연결되어 있는가에 달려 있다. 관계 지향적이고 타자 지향적인 개인들이 모여 이루는 가정이야말로 건강한 가정이다. 타자성이

희석되고 사유화만 깊어질 때, 많은 사람들이 가장 사랑받고 보호받아야 할 가정에서 가장 무시당하며, 가장 큰 상처를, 가장 자주 받는다. 그래서 많은 사람들이 가정을 '집구석'이라고 호명하는 것이다. 가정이야말로 '내 멋대로'의 공간이 아니다. 가정에서도 페어플레이가 필요하다. 가정은 누구에게나 지상의 처음이며 또한 마지막인 처소이기 때문이다.

수치에 대하여

헤겔은 수치를 "자연계와 감각계로부터의 분리"라고 정의했다. 짐승들은 자연계에만 머물러 있기 때문에 아무런 수치심을 느끼지 못한다는 것이다. 따라서 수치는 존재가 자연의 단계를 넘어 인간의 층위로 진입할 때 생겨나는 것이다. 그가 말하는 '자연'은 타자와의 연대를 배제하고 사적인 이익만 추구하는 (짐승 같은) 상황을 지칭하기도 한다. 일례로 독재자들은 수치를 모른다. 따라서 수치는 닫힌 존재(자연)가 타자를 향해 열린 존재(인간)로 전이되는 과정에서 발생하는 것이기도 하다. 수치를 알고 수치심을 느껴야 비로소 인간의 반열에 들 수 있다는 것이다.

자기 바깥의 사유를 하지 않는 모든 존재는 수치심을 모른다. 그런 존재들은 오로지 자신밖에 모르며 자신의 이해관계에만 충실하기 때문이다. 지난겨울 내내 많은 시민들은 대통령의 국정 농단이라는 엄청난 사건 앞에서 감당하기 어려운 수치를 느꼈다. 대통령은 우리나라를 대표하는 사람이고, 그리하여 그는 바로 국민의 '얼굴'이었기 때문이다. 국민과 대통령 사이의 이와 같은 동일시 혹은 거울 효과가 없었다면 우리들은 그렇게 분노하지 않았을 것이다. 우리를 대표하는 얼굴이 우리를 외면하고, 무시하고, 배반하며, 철저하게 자신에게만 몰두할 때, 우리는 버림받음을 느낀다. 우리의 다른 얼굴이 '인간'에서 '자연'으로 돌아갈 때 그 다른 우리의 얼굴에 대해 우리는 분노하지 않을 수 없었고 우리에게서 그 얼굴을 지우기 위해 긴 겨울을 광장에서 견뎠던 것이다. 이런 의미에서 수치는 사랑과 연결되어 있다.

추운 겨울의 몇 달 동안 우리는 우리 내부의 이런 수치심과 싸웠고 대통령은 다른 사람으로 바뀌었다. 성향이 전혀 다른 얼굴이 이제 우리를 대표하는 얼굴이 되었다. 문제는 국민을 버리고 사욕에만 빠져 있던 대통령과 한 패가 되어 나라의 수치를 키워왔던 사람들의 태도이다. 다수 국민이 극도로 분노할 때 그들은 자연에서 인간으로 넘어와 수치의 얼굴을 국민들에게 잠깐 보여준 적도 있었다. 그러나 대선에서 패배하자 이들은 다시 자연으로 돌아가 그들만의 완강한 성에 자신들을 가두고 있다. 그들의 얼굴에서 수치를 찾아본다는 것은 현재로서는 거의 불가능한 것처럼 보인다.

수치심을 느끼는 것이 비로소 인간의 영역에 발을 딛는 것이라면, 수치에서 벗어나기 위해 가장 먼저 할 일은 그 수치를 유발한 진원(震源)과 정직하게 대면하는 것이다. 그리고 그것과 단호하게 작별하는 것이다. 이 '대면'과 '작별'이 부재할 때 존재는 영원히 자연의 상태에 머물게 될 것이다. 그러나 모든 존재는 관계적이어서 자연 상태에 있는 인간들은 수치를 아는 다른 인간들로부터 끊임없이 '호명(interpellation)'당한다. 사회적 양심이 관계 내부에 있는 수치의 영역을 용납하지 않기 때문이다. 이 상태에서 수치의 진원을 떠나지 않고 여전히 그 늪에 빠져 있는 '자연인'들이 할 수 있는 유일한 행위는 생존을 위한 '공격'밖에 없다. 왜냐하면 자연인들에게 공격은 방어의 다른 이름이기 때문이다. 이 공격 때문에 국민이 위임한 대의정치가 제대로 가동되지 않는다. 공화국의 이념은 정지되고, 국가는 자연과 인간의 각축장이 된다.

이제 겨우 자연에서 인간의 상태로 넘어온 자유 대한민국은 소수의 자연인들의 전유물이 아니다. 어떤 자연인은 현 정부를 아무런 위장도 망설임도 없이 '주사파 정부'라고 공격하기도 했다. 그렇다면 현 대통령에게 표를 던진 다수의 국민들이 주체사상의 추종자들이란 말인가. 수치를 대면하지 않을 때, 막무가내성의 공격이 난무한다. 앞뒤, 물불 가리지 않는 공격은 수치를 모르는 자연이 스스로를 자연의 감옥에 가둘 때 발생한다. 헤겔의 먼 아버지인 플라톤이 그의 '공화국'에서 독재자를 짐승의 상태에 비유한 것도, 자연의 상태가 갖는 이와 같은 맹목성, 타자 의식의 부재 때문이었다. 해방 이후 우리는 과도할 정도로 자연에 가까운 정권들을 여러 번 경험했다. 무차별적인 공격과 폭력이 난무했으며, 수많은 사람들이 그 자연의 폭력 앞에 희생되었다. 소크라테스의 말대로 인간의 모든 행위는 선을 지향해야 한다. 선악은 인격에만 존재하기 때문이다.

유쾌한 상대성을 위하여

파블로 카잘스, 새들의 노래

비 내리는 밤, 파블로 카잘스가 연주하는 〈새들의 노래〉를 듣는다. 카잘스의 첼로 연주로 유명해진 〈새들의 노래〉는 카잘스의 조국 카탈루냐의 민요이자 크리스마스 캐럴이다. 독수리, 참새, 방울새, 홍방울새, 개똥지빠귀, 나이팅게일, 딱새, 굴뚝새, 카나리아, 숲종다리, 박새. 후투티, 딱따구리 등, 온갖 새들이 예수의 탄생을 찬미하는 가사를 담고 있는 이 노래는 그러나 내용처럼 즐겁거나 행복하지 않다. 캐럴답지 않게 이 노래는 심각하고 처연하며 슬프고 장엄하다. 미국 포크 가수 존 바에즈가 〈새들의 캐럴〉이라는 제목으로 파블로 카잘스에게 헌정한 것으로도 유명한 이 노래는, 1939년 망명 이후 1973년 세상을 뜰 때까지 다시는 조국으로 돌아가지 않은 카잘스에게는 애절한 망향가였다.

공화주의자이자 평화주의자였던 카잘스는 스페인내란 이

후 히틀러와 무솔리니의 지원으로 파시스트 프랑코 정권이 들어서자 조국을 떠났으며, 정치적 '중립'을 명분으로 이탈리아, 프랑스, 영국, 독일 등 유럽의 다수 국가들이 프랑코 정권을 인정하자 오랜 세월 동안 해당 국가들에서의 공식적인 연주를 중단했다. 프랑코는 카잘스가 97세의 나이로 사망한 지 2년 후에야 죽음으로써 카잘스가 영원히 조국으로 돌아오지 못하도록 하는 데 결정적인 기여(?)를 하였다. 스페인 동북부에 위치한 카탈루냐는 1930년대 초중반 자치권을 획득하였으나 프랑코에 의해 자치권을 빼앗겼고 카탈루냐어는 공용어의 지위를 박탈당했다.

카잘스는 음악으로 '평화'를 노래한 대표적인 예술가 중의 한 명이었다. 그는 죽을 때까지 거의 모든 연주회마다 마지막 곡으로 〈새들의 노래〉를 선택했다. 1961년 11월 3일, 자신이 존경해 마지않던 케네디 대통령의 초청으로 백악관에서 연주회를 할 때도 그는 마지막 곡으로 〈새들의 노래〉를 연주했다. 그는 종종 이 곡을 "망명자들의 주제곡", "내 조국의 영혼"이라 칭했는데, 한 연주회에서 그는 이 노래를 설명하며 "하늘의, 공중의 새들이 '평화, 평화, 평화'라 노래 부른다."라고 하였다. 1963년 가을, 카잘스는 케네디 대통령으로부터 '대통령 자유훈장'을 수여하고 싶다는 연락을 받고 같은 해 12월 초에 케네디 대통령을 대면할 계획이었다. 그러나 수상식을 보름여 앞두고 케네디는 불의의 암살을 당했다. '평화'를 사랑했던 두 사람 사이에서 평화는 참혹하게 살해당했다.

카잘스는 자신의 조국에 대하여 큰 자부심을 가지고 있었는데, 그중에서도 무려 11세기에 카탈루냐가 이 세상에서 전쟁을 없애기 위한 의회를 소집했다는 사실을 자랑으로 여겼다. 카잘스는 한 인터뷰에서 "높은 수준의 문명이 있었다는 증거로서 이보다 더 좋은 것이 어디 있겠습니까?"라고 되물었다. 사실 모든 전쟁은 소수의 권력자들에 의해 '최종' 결정되고, 그로 인한 대부분의 희생자들은 지배계급이 아닌 일반 국민들이다. 카잘스는 이미 중세 때 카탈루냐의 헌법에 국민들이 지배자들을 향해 다음과 같이 선언한 구절이 있었음을 상기시킨다. "우리 한 사람 한 사람은 당신과 동등합니다. 그리고 우리 모두를 합치면 당신보다 위대합니다." 이 대목은 현재 대한민국의 헌법 제1조, '대한민국은 민주공화국이다. 대한민국의 주권은 국민에게 있고, 모든 권력은 국민으로부터 나온다.'라는 선언과 그대로 일치한다.

극소수의 매파들을 제외하고 전쟁을 원하는 국민은 없다. 그 어떤 최악의 상황도 차라리 전쟁보다는 낫기 때문이다. 극소수의 권력자들이 만들어낸 '가짜' 명분 때문에 수많은 사람들이 자신과 사랑하는 사람들의 생명을 잃는다. 전쟁과 분단의 상처가 아직도 생생하게 살아 있는 한반도에서 '평화'보다 더 중요한 '공통'의 목표는 없다. 전쟁의 가능성이 지속되는 한 한반도에 '높은 수준의 문명'은 없다. 지지부진해진 남북미 대화가 더 절실한 이유이다.

유쾌한 상대성을 위하여

프랑스 작가인 모리스 블랑쇼는 문인들뿐만 아니라 질 들뢰즈, 자크 데리다, 미셸 푸코 등 현대 철학을 주도하고 있는 수많은 사상가들에게도 큰 영향을 끼친 이론가이다. 한국에서도 그는 많은 독자들을 거느리고 있다. 그의 글은 매우 난해하지만 새로운 사유의 공간을 끊임없이 열어젖히는 매력을 가지고 있다. 그에 의하면 글쓰기란 "언어를 매혹 아래 두는 것"인데, 블랑쇼 자신이야말로 언어를 매혹적인 사유의 극단으로 몰고 간다. 지적인 도전을 받고 싶은 독자들이라면, 개인적인 독서사(史)의 어느 시기에 그를 반드시 만나게 되어 있다.

그는 68혁명 당시에 잠깐 나타난 것을 제외하고 2003년 사망할 때까지 철저한 은둔 생활을 한 것으로도 유명하다. 블랑쇼 연구자들에 의하면 그는 강연도, 강의도, 인터뷰도, 공식적인 논쟁도 거의 한 적이 없다. 그는 심할 정도의 '자발적 은둔'

을 하면서 오로지 글쓰기에만 몰두했다. 심지어 그와 관련된 사진조차 거의 남아 있지 않다고 한다. 혹자는 그의 은둔이 건강 때문이었다고도 하나, 어쨌든 그것은 매우 독특한 것이어서 그의 사상과 관련하여 신비화되는 경향조차 있다. 그의 은둔과 관련된 다양한 해석 중 특별히 주목을 끄는 것은, 그의 은둔이 자신이 권력화되는 것에 대한 저항의 한 방식이었다는 것이다. 문학과 예술, 그리고 철학과 인문학이 모든 형태의 권력과 권위에 대한 도전의 속성을 가지고 있다면, 그 주체 역시 그 도전의 대상에 당연히 포함되어야 할 것이다. 가장 위험한 일은 본인이 권력화되고 있다는 사실을 망각하면서 바깥의 권력만 비판하는 것이다.

권력화의 위험에 가장 많이 노출되어 있는 집단은 유명 정치인, 언론인, 종교인, 학자, 법조인, 군인, 연예인, 문인, 예술가 등의 '공인'들일 것이다. 그들은 시스템 안에서 다양한 방식으로 권력을 부여받는다. 여기저기 불려 다니며 세상이 자신들을 '로우 앵글'로 올려다볼 때, 그들은 저 높은 '하이 앵글'에서 세상을 내려다보는 습관을 자신도 모르게 체득하게 된다. 득의만만한 태도가 온몸에 가득할 때, 자아는 풍선처럼 부풀어 오르고 실제보다 훨씬 과장된 '가짜 자아'가 자신의 주인이 된다. 자신을 더 커 보이게 해서 상대방을 위압하며 허세를 부리는 것을 속된 말로 '후까시 넣었다'라고 하는데, 여기에서 후까시는 일본어 '찌다(蒸)'의 명사형이다. 어깨에 '후까시'가 많이 들어갈 때 주체는 퉁퉁 부어오른 가짜가 된다. 얼마 전 (웬만한 사람이면) 이름만 대도 알 만한 어떤 분을 만났다. 그는 직업상 불가피하게 우리 사회의 대표적 공인들을 수십 년 동안 접촉해왔다. 그는 이 오랜 교제의 경험을 통해 한 가지 반복되는 패턴을 보았다고 한다. 목에 힘이 들어가는 순간 그 권력은 오래가지 못하더라는 것이었다.

권력은 타자의 외재성(外在性)과 단독성을 부정하고 타자에게 자신의 동질성을 강요한다는 점에서 폭력적이다. 공인들뿐만 아니라 가정을 포함한 모든 관계와 조직에서 권력이 문제가 되는 것이 바로 이런 폭력성 때문이다. 훌륭한 공동체는 특정 주체가 권력을 독점하지 않고 직능을 합리적으로 분배할 때 생겨난다. 부모와 자녀, 선생과 학생, 사장과 직원의 관계 또한 지배와 종속, 즉 권력의 관계로 포섭될 때 소모적이고도 치명적인 분란이 발생한다. 공동체가 탈(脫)권력화되고 다양한 목소리들이 살아날 때, 평등하고도 효과적이며 평화로운 공동체가 생겨난다. 구성원 중 그 누구도 주변화되거나 억압되지 않는 상태, 그리하여 "유쾌한 상대성"(미하일 바흐친)이 최고조로 구현된 상태야말로 바람직한 공동체가 추구해야 할 목표이다. 역사가 발전하고 있다는 중요한 징후 중의 하나는, 어찌됐든 권위와 권력 중심의 문화가 점점 사라지고 있다는 것이다. 역사의 이 도도한 흐름을 거역하는 개체나 세력들은 자신들이 속해 있는 작거나 큰 조직 안에서 지속적인 도태를 피할 수 없을 것이다.

악에 대하여

지난 2월 하순, 한국전쟁 민간인학살 유해발굴 공동조사단에 의해 진주 용산고개 일대에서 한국전쟁 당시 학살당한 민간인들의 유골이 상당수 발견되었다. 학살 당시의 목격자에 의하면 용산고개 3개 골짜기 5개 지점에 718구의 시신이 매장되어 있다고 한다. 카빈소총, 5구경 권총 및 M1 소총으로 살해당한 이들은 대부분 '보도연맹'에 연루된 양민들이었고, 살해 총기를 근거로 추정컨대 살해자들은 당시의 경찰과 국군이었다고 한다. 도대체 무엇이 한 집단으로 하여금 다른 집단의 사람들에게 총을 겨누게 했을까. 도대체 무엇이 다른 사람을 '죽이고 싶도록' 밉게 만들었을까.

테리 이글턴은 "악이란 이해 너머에 있는 것, 이해 불가능한 것"이라고 말한다. 이것이 악의 치열성이고 절대성이다. 악인들은 본인들이 악하다는 생각을 절대 하지 않는다. 다시 이글턴을 인용하면 "악이란 자기 너머에 있는 어떤 것, 가령 대의(大義) 같은 것과 아무런 관련을 갖고 있지 않다." 악은 악 그 자체 외에 다른 어떤 것도 아닌 것이다. 그래서 악인들은 자신들을 향한 모든 비난에 대해 (그들의 입장에서는) 정당하게(?!), 진실하게(?!) 분개하는 것이다. 그들의 억울함과 분노는 가짜가 아니다. 그들은 자신들이 전적으로 옳다고 생각한다.

사회적 폭력에 가담한 많은 사람들이 개인 단위에서는 양심적이며 선하며 순수할 수 있다. 그렇다면 무엇이 선한 '개인'들을 악한 '집단'으로 몰고 갈까. 그것은 바로 사회 전체를 관통하고 있는, 그러나 개인들에게는 잘 보이지 않는 사회적 '시스템'이다. 한나 아렌트의 《예루살렘의 아이히만》이 보여준 것처럼, 600만 명의 유대인 학살에 깊이 연루되었던 나치 전범 아이히만은 자신이 무슨 죄를 저질렀는지 전혀 자각하기 못한다. 당시 그를 진찰했던 여섯 명의 정신과 의사들은 그의 정신 상태에 아무런 문제가 없으며 심지어 "정상일 뿐만 아니라 바람직하다는 사실"을 발견했다. 대법원에서 그의 항소를 지켜보고 그를 자주 방문한 한 성직자는 실제로 그가 "매우 긍정적인 생각을 가진 사람"이라고 판단하였다. 이것이 바로 아렌트가 이야기한 바, '악의 평범성'이다. 아이히만은 자신은 그저 '명령'을 따랐을 뿐이라고 했는데, 이 '명령'이 바로 선한 개인들을 악인으로 만드는 시스템의 (허상이라는 의미에서) 시뮬라크르(simulacre)이다.

나치들은 소위 '민족사회주의 혁명'이라는 이념에 포획되어 '민족'과 '혁명'의 시뮬라크르에 충실했던 사람들이다. 알랭 바디우에 의하면 정치적 시뮬라크르는 "충성의 형식을 실제로 지니기 때문에 …… '어떤 자'에게 희생과 줄기찬 참여를 요구"하며 "전쟁과 학살을 그 내용으로 한다." 말하자면 '명령', '민족', '혁명', 이런 기표들이 형식(허상)으로서의 시뮬라크르라면, 전쟁과 학살은 그 내용(실상)을 구성한다는 것이다.

한 사회를 집단 광기로 몰고 가는 여러 가지 시뮬라크르들이 있다. 근대국가의 형성과 발전의 과정에서 가장 흔하게 발견되는 것들이 '민족', '애국', '혁명', '조국', 이런 것들이다. 이런 기표들은 대부분 국가주의의 기의(記意)를 가지고 있고, 자신들과 다른 생각을 가진 집단들을 적대시한다. 대신 그것들은 그 안에 참여하는 개인들을 동질성의 확고한 틀로 묶어내며, 그것에 열광하는 사람들로 하여금 자신들이 '정의의 투사'라는 판타지를 갖게 만든다. 그들은 개인 단위에서 자신들이 겪은 비극들을 '국가를 위한 희생'으로 승화시키며, 자신들이 겪은 고통의 사회적·정치적 원인을 망각한다. 자신들이 지나온 불행의 역사를 조국을 위한 헌신으로 해석할 때, 그들은 피해자가 아니라 숭고한 전사로 둔갑되는 것이다.

지금은 근대가 아니라 후기근대 혹은 탈(脫)근대의 21세기이다. '상식'에 근거하여 차이와 다양성을 인정하는 문화가 "상상적 공동체"(베네딕트 앤더슨)로서의 민족보다 더 중요한 시대이다. 상식이 존중될 때, 민족에 집착하지 않아도 민족은 아무 탈 없이 무사하다. 비상식이 상식을 덮을 때마다 민족이 위태로워지고, 그 틈에서 애국애민의 판타지를 정치적으로 악용하는 시스템이 가동되는 것이다.

세계의 변화와 운동성

비디오 아티스트 백남준의 책에 이런 문장이 있다. "우리는 마치 평소에는 바닥을 걷다가 커다란 구멍을 발견해야만 날개를 펴고 날아간다는 그리스신화 속 커다란 새와도 같다." 백남준에게 '커다란 구멍'은 기존의 관습적인 예술이었다. 그에게 모든 클리셰(cliché)들은 넘어 날아오르지 않으면 안 될 구멍이었다. 그는 예술가로서 생존하기 위해 진부한 형식의 구멍들을 뛰어넘었다. 그가 참여했던 전위예술 운동 그룹의 이름도 '플럭서스(Fluxus)'였다. 플럭서스는 '변화', '움직임'을 의미하는 라틴어에서 유래했다고 한다. 영어 단어 '플럭스(flux)'도 '끊임없는 변화, 유동'을 의미한다. 백남준은 〈실험 TV 전시회의 후주곡〉이라는 글에서도 "자연이 아름다운 것은 아름답게 변하기 때문이 아니라, 단지 변하기 때문"이라고 하였다. 그는 세계의 본질이 '변화'와 '운동'에 있다는 사실을 누구보다도 빨리 감지했다. 그가 〈임의접속정보〉라는 글에서 "예술가의 역할은 미래를 사유하는 것"이라고 했을 때의 '미래'란 끝없는 변화의 과정 속에 있는 것으로서 '규정할 수 없는' 어떤 시간, 그러나 예술가에 의해 앞당겨지는 시간이다. 예술가는 변화와 운동의 탈주선(脫走線)을 타고 서둘러 '미래'로 넘어간다.

세계의 변화와 운동성은 그 자체 세계의 속성이므로 선택의 대상이 아니다. 그렇게 생각하거나 말거나 세계는 끊임없이 변화하며 움직인다. 어제의 진리가 항속성을 보장할 수 없는 이유도 어제가 오늘과 다르기 때문이다. 열반 직전의 붓다가 제자들에게 남긴 유언도 "모든 것은 변한다. 끊임없이 정진하라."였다. 모든 것이 변하는데 한반도의 정세 역시 예외일 리 없다. 지금 한반도에서의 가장 큰 변화는 싫든 좋든 이념의 장벽이 무너지고 있다는 것이다. 그 어떤 국가 이데올로기 장치에 의해서도 이제 국민은 세뇌당하지 않는다. 그 어떤 강력한 '빅 브라더'가 있을지라도 이제 무한대의 매체들이 생산하는 무한대의 정보들을 독점할 수 없다. 시스템은 이제 더 이상 가치를 독점할 수 없기 때문에 과거처럼 대중의 의식을 조작하거나 통합할 수 없다. 대중은 실뿌리처럼 무한히 뻗어나가는 정보와 가치의 세계 위에서 저마다 다른 좌표들을 점유하고 있으며, 그 어떤 이념의 그물망에 의해서도 포획되지 않는다. 물론 아직도 멀었지만, 지구상에 마지막 남은 이념의 전쟁이 이제 종말을 향해 갈 수밖에 없는 이유가 여기에 있다. 왜냐하면 이데올로기는 어떤 식으로든 절대적인 '중심'을 설정하고 그것을 대중에게 강제하는 기제이기 때문이다. 이제 대중은 그런 폭력적 로고스를 인정하지 않으며 그것의 노예가 되기를 원치 않는다. 낡은 '빅 브라더'들이 더 이상 대안이 될 수 없는 이유가 여기에 있다.

변하는 것은 이념을 대하는 대중의 태도만이 아니다. 국가들 사이의 이해관계도 끊임없이 변한다. 적대적 이념으로 더 이상 생존이 불가능할 때, 전쟁으로 문제를 해결하는 것이 궁극적으로 쌍방의 몰락을 의미할 때, 당사자들이 내놓을 수 있는 협상의 카드는 무궁무진하다. 베트남전쟁은 제2차 세계대전 이후 초강대국이었던 미국의 자존심에 먹칠을 한 사건이다. 그곳에 미국의 대통령이 소위 '평화 회담'을 하러 간다. 그것도 자신들이 '악의 축'이라고 규정했던 북한의 정부 수반을 만나러 간다. 물론 평화로 가는 길은 예상외로 긴 시간이 걸릴 수도 있고, 여러 가지 변수들도 있다. 그러나 분명한 것은 이념을 구실로 한 어떤 외교적 태도나 정당의 정책들도 이제 더 이상 유효하지 않다는 것이다. 그러므로 '좌파'니 '우파'니

'종북'이니 '빨갱이'니 하는 기표로 상대방을 비난하는 모든 시도들은 시대착오적이며 자신을 아포리아로 몰아넣는 행위이다. 그것은 스스로 대안과 출구를 잃은 집단임을 자인하는 태도이다. 정책적 콘텐츠가 없는 집단들이 낡은 이데올로기의 유령을 끌어들인다. 왜냐하면 그것 외에는 내놓을 것이 없기 때문이다.

이 쓰라린 계급의 사회

한국 사회의 불평등 구조에 대하여 오래전부터 논의가 있어 왔지만, 최근처럼 이것이 '국민 정서'로 부각된 적은 없다. 그것은 법무부 장관 임명과 관련된 여파 때문이기도 하지만, 이제 한국 사회의 계급 문제가 드디어 임계점에 도달했다는 증거이기도 하다. 한국은 그 어느 때보다 강고한 계급 구조가 지배하는 사회가 되었고, 계급 이동이 과거 그 어느 때보다도 힘든 사회가 되었다. 계급의 유동성이 사라진 사회는 한마디로 '미래'가 없는 사회, '희망'이 없는 사회이다. 개천에서 (죽어라 공부해) 용이 나오던 시대는 갔다. 이제 용은 개천이 아니라 금수저 집안에서만 나온다. 개천이고 금수저 집안이고 모두 죽어라 공부해 경쟁에서 이기지 않으면 살 수 없다는 의식이 지배적이어서 노력에 비례해 성적을 올리던 시대는 지났다. 노력보다 더 중요한 것은 입시 관련 '정보'이고, 특화되고 전

문화된 입시 '기술'이다. 그리고 이런 것들은 (누구나 알다시피) 부모의 '경제력'에 의해 결정된다.

2016년 서울대 경제학과 교수들이 쓴 〈학생 잠재력인가? 부모 경제력인가?〉라는 공동 논문은 이런 사실을 잘 보여준다. 이 논문에 따르면 서울의 강남과 강북 학생들이 지능·노력·유전 등 '잠재력'의 측면에서 서울대에 합격할 확률은 1.7배 차이가 났지만, 2014년 실제 서울대 합격률은 20배 이상 차이가 났다. 논문의 저자들은 "학생들의 대학 합격률 차이의 8~9할 이상이 타고난 잠재력 차이보다 부모의 경제력에 따른 '치장법(사교육, 선행학습, 특수고 진학)' 차이로 설명될 수 있다."라고 설명한다. 이런 사실은 다른 통계들에 의해서도 증명된다. 서울대 대학생활문화원이 매년 시행하는 '신입생특성조사' 자료에 의하면, 2000년대 이후 최근까지 서울대생 중 부친의 직업이 농축수산업인 학생은 1~3퍼센트, 비숙련노동자는 1~2퍼센트, 무직은 1~3퍼센트에 지나지 않는다. 나머지는 대부분 전문직 혹은 관리직의 자녀들이란 이야기다. 2017년 7월, 한 보수 언론사조차 "서울대 학생의 75퍼센트 이상이 월 소득 900만 원 넘는 부유층 자녀"라고 보도하면서 헤드라인에 "그들만의 리그"라는 제목을 넣었다. 같은 해, 같은 달, 《뉴욕 타임즈》의 보도에 따르면, 미국 200대 대학교에 진학한 학생 중 70퍼센트가 소득분배 상위 25퍼센트 출신이라고 한다. 국가 단위의 의료보험 하나도 제대로 만들지 못한 엉터리 선진국인 미국에서도 상황이 별반 다르지 않다. 신자유주의가 전 지구를 지배하기 시작한 이후 세계는 '무한 경쟁'의 소용돌이에 빠져들었고, 한국뿐만 아니라 미국을 위시한 주요 국가들의 불평등 지수는 점점 더 악화되고 있다.

2015년 10월 〈연합뉴스〉의 보도에 따르면 "우리나라에선 20세 이상 성인 기준으로 자산 상위 10퍼센트 계층에 금융자산과 부동산을 포함한 전체 부의 66퍼센트가 쏠려 있"으며, "하위 50퍼센트가 가진 것은 전체 자산의 2퍼센트에 불과"하다. 전체 자산의 2퍼센트를 놓고 하위 50퍼센트의 국민들이 아웅다웅 파이 싸움을 하고 있으니, 이것이야말로 아수라장이 아니고 무엇인가. 무슨 통계가 더 필요한가. 이제 한국 사회도 부의 '원천적 분배'든 '재분배'든 어떤 식으로든 불평등의 문제를 정면 돌파하지 않으면 안 되는, '위태로운' 국면에 와 있다. 다수 국민이 난공불락의 카스트 아래에서 신음하며 계급의 끝없는 재생산 트랙 안에서 희망과 미래가 없는 삶을 살 때, 1인당 국내총생산(GDP)이 3만 불을 넘었느니 어쩌니 하는 이야기들은 얼마나 가소로운가. 그것은 인구 대비 전체의 평균치일 뿐, 그것의 대부분을 상위 계급의 소수가 차지하고 그리하여 전체 자산의 2퍼센트를 놓고 50퍼센트의 국민이 서로 싸워야 한다면, 그런 현실은 문자 그대로 헬(지옥) 아닌가.

문제는 제도권 안에서 '법적으로' 이런 것을 해결해야 할 주체들의 능력과 그들에 대한 신뢰도이다. 작년 한 여론조사 전문 기관이 실시한 '국가사회기관 신뢰도 조사'에 의하면 검찰에 대한 국민의 신뢰도는 2.0퍼센트, 국회는 1.8퍼센트에 지나지 않는다. 매해 여러 기관에서 국가사회기관의 신뢰도를 조사하는데, 최하위는 항상 국회와 검찰, 경찰이 도맡아 차지한다. 국민의 대표로 선출되어 다수 국민의 생존권을 보장하고 행복 지수를 높여야 할 국회는 개혁은커녕 파업 상태에서 허구한 날 싸움질만 한다. 각종 이권과 권력의 생산 기계로 전락해온 검찰 역시 요지부동이다. 통계가 정확하다면, 국민의 98퍼센트 이상이 이런 국회와 검찰을 믿지 않는다. 이제 좀 변화할 때도 되지 않았나.

카니발을 방해하는 것들

요즘 한국 민주주의는 (입에 재갈을 물리지 않는다는 의미에서는) 거의 완벽한 단계에 와 있는 것 같은 착각을 불러일으킨다. 누가 무슨 말을 해도 제재를 받지 않는 놀라운 '신세계'가 펼쳐지고 있다. 한국 현대사에 도대체 언제 이런 시절이 있었나. 거짓말을 마구 해대도, 대통령을 공산주의자이며 간첩이라 지칭해도, 심지어 특정한 사상을 가진 사람들을 "죽여도 된다."라고 떠들어도 제어되지 않는다. 겉만 보면, 이제 한국에서 주변화되고 억압되며 움츠린 목소리들은 완전히 사라진 것 같다. 바흐친이 스탈린주의를 염두에 두며 이론화하고 고대했던 '카니발(축제)'의 '유쾌한 상대성'은, 이제 21세기의 대한민국에서 화려하게 완성된 것처럼 보인다. 랑시에르의 말대로 정치가 '치안'이 아니라 '불일치'를 생산하는 것이라면, 최근의 한국처럼 불일치가 극대화된 때도 드물었던 것 같다. 만일 바흐친이나 랑시에르를 기계적으로 적용한다면 한국 정치가 잘 굴러가고 있다는 논리까지도 가능해지는데, 문제는 다중(多衆)은 전혀 그렇게 느끼지 않는다는 데 있다.

좋은 의미의 '유쾌한 상대성'과 '불일치'가 가동되려면 전제되어야 할 것이 있다. 그것은 바로 이것들을 허용하지 않는 '가혹한' 체제의 존재이다. 오로지 한 목소리가 국가를 지배할 때 구성원 다수의 목소리들은 공포에 짓눌리며 주변화된다. 바로 그때, 평소에 억압되었던 목소리들이 일제히 터져 나온다면, '유쾌한 상대성'은 해방의 '가치'로 부상된다. 다중의 입에 재갈을 물리고 국가 전체를 '치안'의 상태로 몰고 갈 때, '불일치'는 죽은 정치를 살리는 건강한 가치가 된다. '마음대로 떠들 자유'로 한정해서 말한다면, 지금 대한민국에 이런 것을 막을 시스템은 존재하지 않는다. 그것은 저 먼 70~80년대에 존재했던 앙시앵 레짐들의 살벌한 얼굴들이었다.

미셸 푸코의 후기 사상의 핵심 개념 중의 하나로 '파레시아(parrêsia)'라는 것이 있다. 이 말은 '모든 것을 말하기'를 뜻하는 그리스어이다. 영어로는 '프리 스피치(free speech)'라 번역되기도 한다. 신분과 사상, 계급과 권력을 떠나 모든 것을 자유롭게 이야기할 수 있는 것이야말로 모든 전제적 시스템에 대한 대안 중의 하나임은 분명하다. 그러나 푸코에 의하면 파레시아에도 '나쁜 파레시아'가 있다. 이 경우 파레시아는 "자신이 말하는 바에 신중하지 않고, 마음에 있는 것을 무분별하게 모두 말하는" 것을 의미한다. 내가 볼 때, 지금 한국 사회는 나쁜 파레시아의 천국이 되었다. 〈뉴스앤조이〉의 보도(2019. 11. 14.)에 따르면, 얼마 전 (한국 기독교를 대표하는 단체로 알려져 있기도 한) 한국기독교총연합회의 회장인 목사가 청와대 앞의 주일예배에서 "성령과 기름 부음을 사모하라. (기름 부음이) 100% 임하면 문재인 저거 나오게 돼 있다. 우리가 끌고 나올 필요도 없다. 하나님이 아마 심장마비로 데려갈 것이다."라며, 본인을 "메시아 나라의 왕"이라고 말했다. 이 보도가 사실이라면, 자신을 메시아 나라의 왕이라 칭한 것이 신학적으로 얼마나 불경한 일인지에 대한 논의는 차치하더라도, 기독교의 대표자(?) 격인 목사가 예배 자리에서 자국의 대통령을 '하나님'이 '심장마비로 데려갈 것'이라고 말하는 것은, 누가 보아도 신중하지 않고 분별없는 행위가 아닌가.

어느 사회에나 수많은 '나쁜 파레시아'들이 존재한다. 물론 지극히 사적인 공간에서의 나쁜 파레시아들은 대부분 그 안에서 사소한 소란을 일으키다 소멸되고 만다. 문제는 그것이 다수가 모인 공적인 공간에서 나름의 상당한 '권력'을 가진 매체나 주체에 의해 수행될 때이다. '좋은 파레시아'는 정당한 윤리와 철학, 그리고 가치와 어법을 전제로 한다. 지금 우리 사회에서는 비윤리적이고, 몰가치적인 파레시아들이 합당하지 않은 어법을 통해 무한 생산되고 있다. 권력을 가진 매체와 주체들이 경쟁을 하듯 나쁜 파레시아들을 쏟아놓을 때, 진정한 '카니발의 정치'와 공동체는 설 자리가 없어진다. 불일치가 건강한 논쟁으로 발전하지 않을 때, 불일치는 정치가 아니라 소음이 된다.

사적인 모임에서도 사람들은 '나쁜 파레시아'들을 자주 만나며, 그것만으로도 고통을 당하고, 때로 관계가 파괴되는 경험을 하기도 한다. 그러니 공적인 매체와 주체가 전체 공동체를 향하여 이런 것을 마구 수행할 때, 전 국민은 얼마나 큰 고통을 겪어야 할까. 카니발은 재갈이 풀린 '모든' 주체가 아니라, 정당한 윤리와 어법을 가진 사람들이 만든다.

일요일 저녁 일곱 시의 그늘

2016년 5월 8일, 덕수궁 국립현대미술관에서 변월룡(1916~1990) 특별전을 보았다. 문을 닫을 시간이 되어서야 겨우 들어갔는데도 전시실은 관람객들로 넘쳐났다. 고려인 출신 러시아 화가인 그의 그림에는 식민, 전쟁, 분단, 혁명, 냉전, 디아스포라의 세월이 덕지덕지 묻어 있었다. 소위 '사회주의 리얼리즘'의 모델을 북한 미술계에 전한 것으로도 유명한 그의 그림 중 특별히 눈길을 끌었던 것은, 〈1953년 9월의 판문점 휴전회담장〉이라는 제목의 그림이었다. 정전협정이 발표된 지 두어 달 후 판문점 회담장의 모습을 감정 개입 없이 사진처럼 재현한 작품이었다. 푸르고 흰 보가 덮여 있는 테이블과 기능만 남은 앙상한 의자들이 여기저기 흩어져 있을 뿐 사람은 전혀 보이지 않는 저 회담장에서, 지금까지도 분단 체제 극복의 성과를 내지 못한 무수한 회의들이 무려 63년 동안이나 계속

되어온 것이다.

선뜻 구입하기에 만만치 않은 가격의 화집은 이미 다 팔리고 없었다. 도심의 오래된 왕궁에, 돈과 시간의 여유가 있는 수많은 사람들이 일요일 저녁을 즐기기 위해 '사회주의'를 지향한 화가의 그림을 보러 몰려들다니, 어찌 보면 뜨악한(?) 모습이었다. 정치판은 여전히 전근대적 색깔론을 벗어나지 못하고 있지만, 문화판은 '그 따위 것'을 뛰어넘은 지 오래였다. 물론 변월룡의 그림은 (사회주의적 슬로건을) 최대한 억제하면서 '객관 현실'의 총체적 재현을 탁월하게 보여주고 있지만 말이다.

변월룡 전을 보고 나와 집으로 가기 위해 숭례문 쪽으로 걸어갔다. 덕수궁을 나오자마자, 현대사의 다양한 갈등과 사건들이 집회의 형태로 계속 기록되고 있는 서울광장이 왼쪽으로 보였다. (무엇인지 모를) 행사를 위한 흰 천막들이 여기저기 세워져 있을 뿐, 오늘은 구호를 외치는 소리도 들리지 않았고, 경찰 버스도 보이지 않았다. P호텔은 광장과 비스듬히 덕수궁을 내려다보고 있었고, 서울 시청 뒤로 거대한 옥외 광고판들과 굴지의 언론사 빌딩들이 거인들처럼 서 있었다. 숭례문 쪽으로 발걸음을 옮기니 금융 회사, 재벌 회사 사옥 등 자본의 위풍당당함을 자랑하는 빌딩들이 줄지어 있다. 이 건물들은 현대판 신전(神殿) 같다. 자본이 신이 되어버린 사회에서 얼마나 많은 사람들이 머리 조아려 그곳에 들고 싶어 하는가. 자본은 공간을 낭비함으로써 위력을 자랑한다. 사옥 앞의 넓은 입구는 도심의 금싸라기 땅값을 생각하면 거의 광장 같았고, 대리석으로 치장한 그 입구의 모퉁이에서 한 취객이 비틀거리고 있었다. 아무도 출근하지 않은 일요일 저녁, 저 사람은 무슨 일로 저기서, 저렇게 흔들리고 있는 것일까.

남대문 지하상가를 건널 때 문득 시계를 보니 저녁 일곱 시였다. 아직 날도 채 어두워지기 전인데 지하도는 벌써 노숙인들로 가득 차 있었다. 종이 상자를 펴고 지하도 바닥 여기저기에 진을 치고 있는 그들은 초여름 밤의 한기를 이기는 방법을 이미 체득하고 있는 것 같았다. 종이 상자를 이리저리 엮어 무릎 높이 정도의 벽까지 사방에 세우니 그들의 방 아닌 방들은 마치 종이로 만든 작은 관(棺)들 같았다. '탈근대' 노숙인답게 어떤 이는 흰 이어폰을 귀에 꽂고 아무런 표정도 없이 스마트폰을 만지작거리고 있다. 무선으로 그에게 전해진 메시지는 무엇이었을까. 자본의 다디단 꿈이었을까. 아니면 아버지를 목이 메어 찾고 있는 어린 아들의 울음소리였을까. 마지막 부탁을 거절하는 친구의 냉담한 목소리였을까. 몇 해 전 말 달리며 전 세계를 두드렸던 〈강남 스타일〉이었을까.

일요일 저녁 나의 외출은 본의 아니게 분단과 자본과 가난의 그늘을 지나왔다. 이렇듯 분단·자본·가난의 문제는 의도와 무관하게 우리의 일상생활을 지배하는 코드가 되어버렸다. 그것은 우리의 일상을 촘촘히 규정하고 지배하는 그물망이다. 일상생활은 "환상과 진리가 교차하는 곳"(앙리 르페브르)이다. 소비·환락·풍요의 환상 뒤에 분단·자본·가난의 현실이 숨겨져 있다. 분단은 사상의 '대중적' 성장을 제어하고, 자본은 부와 가난을 동시에 생산한다. 환상 앞에서의 무기력이, 진리 앞에서의 동력으로 바뀌는 날은 언제 올까.

2부 사랑은 의지다

사랑의 재발명

'사건'으로서의 사랑

며칠 전 인천의 한 마트에서 사건이 일어났다. 34세 아버지와 12세 아들이 마트에서 물건을 훔치다 적발되었다. 그들이 훔친 것은 우유 2팩과 사과 6개, 그리고 몇 개의 마실 것, 현금으로 환산하면 1만 원 내외의 먹을 것들이었다. 경찰이 출동했고 아버지는 벌벌 떨고 땀을 흘리며 '배가 고파서' 이런 일을 저질렀다며 잘못을 빌었다. 경찰이 사정을 물으니 이들은 벌써 두 끼를 굶었고, 아빠는 기초생활수급자였으며 당뇨와 갑상선 질환이 심해져 6개월째 일을 그만둔 상태였다고 했다. 이들은 임대 아파트에 거주하고 있었으며, 집에는 홀어머니와 7세의 어린 아들이 있었다.

진짜 '사건'은 이제부터 일어난다. 먼저, 마트 주인은 처벌을 원하기는커녕 앞으로 이들에게 쌀과 생필품을 공급하겠다고 했다. 경찰은 이들을 훈방 조치하기로 했고, 아버지에게는 행정복지센터에 연락해 일자리를 찾아주기로 하였으며, 아들에게는 무료급식카드를 발급하기로 했다. 경찰은 "요즘 세상에 밥 굶는 사람이 어디 있습니까."라고 울먹이며 이들에게 따뜻한 국밥을 사주었다. 바로 그때 회색 옷차림의 어떤 사람이 들어와 아무 말 없이 부자에게 흰 봉투를 내놓고 나갔다. 아들이 황급히 쫓아나갔으나 이 사람은 손사래를 치며 사라졌다. 그 봉투에는 현금 20만 원이 들어 있었다. 그 사람은 마트에서 우연히 이 장면을 목격하고 현금을 인출한 후 경찰과 이들이 있던 식당을 다시 찾아와 그것을 건네고 간 것이었다. 경찰은 이 사람에게 감사장을 수여하기 위해 수소문을 했으나 끝내 찾지 못했다.

《존재와 사건》의 저자인 알랭 바디우는 '사건(event)'을, 잠재적인 것, 아직 실현되지 않은 것을 드러내는 것이라 정의한다. 그것은 '반복되는 현재'와의 근본적인 '결별'이며 "존재의 강밀도(强密度)를 실제로 변화시키는 것"이라고 말한다. 우리는 지금 불공정과 불공평이 '반복되는 현재'에 살고 있다. 일반 시민들에게 유전무죄, 무전유죄의 법칙은 '객관적 사실'이자 관행으로 여겨지고 있다. 어떤 사람은 라면 10개를 훔치고 징역 3년 6개월을 선고받는가 하면, 70억 원대의 횡령·배임으로 기소된 어떤 대기업 회장의 아들은 징역 3년을 선고받는다. LSD 등 마약을 대량 밀반입하다가 적발된 전 국회의원의 자식은 불구속 처리되고, 구속된 재벌 회장들이 얼마 지나지도 않아 마스크를 쓰고 휠체어에 앉아 유유히 풀려나는 모습은 얼마나 익숙한 풍경인가. 반란수괴죄로 1심에서 사형을 선고받은 전직 대통령이 며칠 전, 하필 반란 40주년이 되는 날에 반란의 측근들, 종교계의 원로와 일인당 20만 원짜리 회식을 하는 시대에 우리는 살고 있다. 그는 수중에 29만 원밖에 없다며 아직도 1000억 원이 넘는 추징금을 갚지 않고 있다.

이제 우리 사회는 정직이나 사랑이 '사건'인 '희한한' 시대에 살고 있다. 앞에 예로 든 일이 바디우적 의미의 '사건'일 수 있는 것은, 우리 사회를 지배하는 사악한 관습과 전혀 다른 방향의 '놀라운' 일이, 게다가 집단적인 조합으로 이루어졌기 때문이다. 이런 '사건'은 수많은 주체에게 선한 영향을 끼친다. 바디우가 '사건'을 "존재의 강밀도를 실제로 변화시키는 것"이라고 정의한 것이 바로 이런 이유 때문이다. '사건'은 주체를 변화시키며, 이전에는 없던 새로운 진리를 구현한다. 이 과정을 바디우는 '진리 절차'라고 부른다. 바디우가 볼 때 진리 절차는 크게 네 가지 조건에서 일어난다. 그것은 예술, 사랑, 과학, 그리고 정치이다. 그중에서도 '사랑'은 바디우에게 가장 중요한 진리 절차의 조건이다.

그러나 '사랑'이라는 이름의 모든 행위가 다 '사건'은 아니다. 바디우는 사랑을 두 종류로 나눈다. 그중 하나는 '위기(위험)'나 손실을 스스로 감수하는 사랑이며, 다른 하나는 '위기관리' 차원의 사랑이다. 후자는 그 흔해 빠진 '러브'일지는 모르나 '사건'은 아니며, '비즈니스'이다. 그것은 위기나 손해를 절대적으로 거부하기 때문이다. 그러나 앞에서 보여준 '사건'으로서의 사랑의 주인공들은 (위기까지는 아닐지라도) 손실을 스스로 감행한다. 자기 주머니를 털어 가난한 부자에게 따뜻한 국밥을 사주는 경찰, 신분을 밝히지 않으며 현금을 건넨 행인, 처벌은커녕 생필품을 대주겠다는 마트의 주인은 '사건'의 주체들이고, 새로운 진리를 만드는 사람들이며, 이미 그 진리 절차에 돌입한 주체들이다. 누가 뭐래도 사랑이 진리이다. 모든 예술과 과학과 정치는 사랑에 복종해야 한다.

폐허 씨, 존재의 영도에 서다

폐허 씨는 어느 날 갑자기 모든 것을 잃었다. 그는 어느 순간 자기 이름을 잃고 '폐허'라는 다른 이름을 얻었다. 그가 쌓아온 모든 것이 어느 날 와르르 무너졌다. 어떻게 모든 것이 한꺼번에 무너질 수 있을까. 생각해보라. 몸의 모든 장기가 망가져야 죽음이 오는 것이 아니다. 사람들은 그 많은 장기 중 어느 하나의 고장만으로도 목숨을 잃는다. 폐허 씨의 경우도 그렇다. 그는 자기 인생에서 가장 중요한 것을 잃음으로써 모든 것을 잃었다. 말하자면 그는 갑자기 존재의 영도(零度)에 선 것이다. 마치 날벼락을 맞은 것처럼 폐허 씨는 순식간에 세상에서 가장 가련한 존재가 되었다. 가장 중요한 것이 갑자기 사라지자 남아 있는 모든 것이 의미를 잃었다. 가치의 수은계는 밑으로 곤두박질쳤고, 늘 높은 곳을 향해 있던 그의 눈은 볼 곳을 잃었다. 이제 어느 곳에도, 그 무엇도 그의 시선을 끄는 것이 없었다.

한순간에 쑥대밭이 되었을 때 그는 세상이 마치 바닥에 누워 다시는 일어나지 않을 것처럼 보였다. 그것은 마치 고인돌처럼 자빠져 영원히 움직이지 않을 거라고 생각했다. 존재가 영도에 이르렀을 때 세상은 정지되고 적막 속에서 끝나지 않을 시간만 흐를 거라고 생각했다. 그리고 그 모든 것이 중단된 상태를 무한정 견디는 것이 그의 운명이라고 생각했다. 그러나 그가 모든 것을 잃자마자 세상이 움직이기 시작했다. 우선 멀리 있는 것들이 가까이 다가왔다. 무심히 하늘을 떠가던 뭉게구름이 고개를 숙이고 그에게 내려왔고, 멀리 계곡에서 외로이 물을 마시던 사슴들이 놀란 듯이 몰려왔다. 바람은 그의 얼굴을 어루만졌으며 뺨에 흐르는 눈물을 닦아주었다. 석양은 그의 마음속에 들어와 붉은 울음을 토해냈다. 아무 생각 없는 강아지도 슬픈 눈길로 그를 쳐다봤다. 꽃들은 그에게 일제히 얼굴을 돌렸으며, 시냇물도 그에게 말을 걸어왔다. 폐허 씨에게 다가오는 모든 것의 가슴엔 오로지 애통함과 위로와 사랑밖에 없었다. 시샘과 경쟁도, 미움과 싸움도, 원망과 비난도 사라진, 오로지 사랑뿐인 언어들이 폐허 씨에게 다가왔다. 세상은 그 모든 악에서 벗어나 오로지 선을 위해 이 세상에 존재하는 것처럼 보였다. 그는 하나의 폐허가 무한의 사랑을 만드는 광경을 목격했다. 그것은 다 잃고 다 털어내고 오로지 존재의 영도에 선 자만이 볼 수 있는 풍경이었다.

폐허 씨는 늘 혼자였다. 구름도, 사슴들도, 바람도, 석양도, 시냇물도, 꽃들도 늘 혼자였다. 세상은 혼자인 것들이 혼자 노는 공간이었고, 어쩌다 마주쳐도 그것은 혼자들의 덧없는 만남일 뿐이었다. 그것들은 서로에게 들어가지 않았으며, 다른 것들이 자기 안에 들어오는 것을 싫어했다. 그것들은 서로 의심하고, 경계하고, 경쟁하며, 자신들의 영토를 완고하게 지켰다. 담과 철책과 가시덩굴이 혼자의 혼자임을 더욱 도와주었다. 그들은 각자의 담 안에서 행복하다고 생각했다. 그런데 그의 둑이 완전히 무너지자 다른 것들의 둑도 따라 무너지기 시작했다. 눈물이 눈물로 이어졌고, 슬픔은 서로의 슬픔이 되었다. 누군가는 "슬픔이 웃음보다 나음은 얼굴에 근심하는 것이 마음에 유익하기 때문이다. 지혜자의 마음은 초상집에 있으되 우매한 자의 마음은 혼인집에 있다."(전도서 7:3~4)라는 경전의 글을 읽어주었다. 세상에, 폐허 속에 '지혜자의 마음'이 있다니.

폐허 씨가 존재의 영도에 서니 보이는 것이 또 있었다. 그것은 성취와 승리와 윤리와 사상과 이념으로는 대문자 현존(現存, Presence)에 절대 도달할 수 없다는 것이었다. 그것은 이런 가치들의 허무함에 대한 인식이 아니라, 이런 가치들의 절대성에 대한 부정의 생각이었다. 그는 자신의 의지로 폐허의 고통을 이기기 힘들 때, 한 알의 신경안정제가 순식간에 마음에 평화를 가져다주는 것을 수차례 경험했다. 이 대목에서 폐허 씨는 다시 한번, 완전히 깨졌다. 그가 지금까지 그렇게 치열하게 쌓아온 정신의 힘이 작은 알약 하나만도 못하다니. 그의 '잘남'이란 도대체 무엇인가. 그것보다 위대한 것은 경계와 경쟁과 질투를 다 버리고 그에게 조건 없이 다가온 사랑의 메시지들이었다. 그의 안으로 마구 치고 들어오는 거친 사랑의 힘에 그는 완전히 굴복했다. 그것은 그 잘난 돈도, 물질도, 학력도, 지위도, 예술도, 정신의 고상함마저도 다 무너뜨리는 엄청난 힘이었다. 그것들은 폐허 씨의 가슴속에 들어와 거대한 군락을 이루었다. 폐허 씨도 그 모든 것 속으로 들어가 그들의 꽃이 되었다. 그는 조금씩 다시 일어나기 시작했다.

사랑하기의 어려움

몇 년 전 캐나다 토론토에서 엽기적인 살해 사건이 일어났다. 베트남전 난민으로 캐나다로 이주한 한 가족의 슬픈 이야기이다. 부모는 난민이라는 최악의 상황에서 벗어나자 자식에게 모든 것을 쏟아부었다. 자식은 그들의 미래였으며 보험이었다. B학점이 나름 '존경할 만한' 점수로 여겨지는 캐나다 사회에서 부모는 딸에게 올 A를 강요했다. 그들에게 B학점은 용납할 수 없는, '경멸스러운' 점수였다. 그러나 고학년에 이르자 올 A의 성취는 점점 어려워졌고, 딸은 부모의 기대에 어긋나는 것이 두려워 성적표를 위조하기 시작했다. 딸은 결국 성적 미달로 고등학교도 졸업하지 못했으나 위조의 범위는 점점 더 심해졌다. 딸은 부모의 기대대로 올 A로 고등학교를 졸업한 후 명문 토론토대 약학과에 다니는 것으로 성적과 모든 관련 문서들을 위조했고, 부모가 원하는 '가짜 자기'의 모습대로 살아갔다. 딸은 병원에 인턴을 나간다고 부모를 속였고, 마침내 딸의 행각에 수상함을 느낀 부모의 추적에 의해 위조의 전모가 밝혀졌다. 부모는 딸의 핸드폰을 빼앗고, 외출을 금지시켰으며, 남자 친구를 만나지 못하게 했다. 결국 이 일은 딸이 남자 친구와 공모, 갱들을 동원해 부모를 살해하는 사건으로까지 비화되었다.

《연금술사》, 《순례자》 등의 소설로, 1억 부 이상의 베스트셀러를 쓴 세계적인 작가 파울로 코엘료는 고등학교 시절 부모에 의해 무려 세 번이나 정신병원에 강제로 입원당했다. 성적이 나쁘다는 것 외에 일반적인 십대 청소년과 크게 다를 바 없는 '사소한 방황'을 일삼던 코엘료는 정신병원에서 그때마다 혹독한 전기충격요법에 시달렸다. 당시 코엘료를 담당했던 의사에 의하면 전기충격요법은 물리적으로 뇌를 완전히 다시 세팅하는 것이었다. 과거는 사라지고 아무런 정보도 기록도, 기억도 없이 뇌를 텅 비게 만드는 것 말이다. 어느 인터뷰에서 노년의 코엘료는 그로 인해 자신이 평생 트라우마에 시달렸으며, 어린 자신을 정신병원에 강제로 입원시켰던 부모들의 행동을 아직도 용서할 수 없다고 고백했다. 그는 자신의 부모들 역시 (그들 입장에서는) 자식을 위해 그런 짓을 했을 테니 용서받을 이유도 없다고 잘라 말했다.

정도의 차이야 있겠지만 우리의 '사랑'이 대체로 이처럼 속절없는 것이다. 나의 잣대로 타자(他者)를 전유(專有)하는 순간 타자는 사라진다. 가짜 사랑은 자신의 이름으로 타자를 지우고 그 자리를 '나'로 채운다. 사랑이 이처럼 나의 이름으로 타자를 죽이는 과정이라면 얼마나 끔찍한 일인가.

레비나스(I. Levinas)는 타자를 '외재성(外在性, exteriority)'과 '무한성(無限性, the infinite)'의 개념으로 정의한다. 외재성이란 자아(나)의 바깥에 있으면서 동시에 자아(나)로 환원되지 않는 모든 것을 의미한다. 무한성이란 그 어떤 범주나 체계로도 환원되거나 포획되지 않는 타자의 속성을 지칭하는 것이다.

엄밀한 의미에서 '나'의 바깥에 있는 모든 사람, 즉 자식, 남편, 부인, 제자, 애인, 한 나라의 국민이 모두 타자이다. 그 타자들은 '나'라는 자아의 지배 대상이 아니다. 타자들은 겉으로는 고개를 숙일지언정 자신에 대한 오만한 지배를 거부한다. 그러나 조종(핸들링)되지 않는 타자를 나의 그물로 나포(拿捕)하는 것을 우리는 종종 '사랑'이라고 부른다. 제3세계를 지배했던 식민주의 논리도 타자를 자기화하는 것이었고, 그것을 '계몽'이라는 이름으로 합리화했다. 모든 독재 정권 역시 자신의 그물에 다수 국민을 가두고 그것을 '애국'의 이름으로 정당화한다. 개인 단위에서 일어나는 수많은 '사랑'도 사실은

'타자의 자기화'인 경우가 허다하다.

타자들은 나에게 '우연히' 온다. 타자의 가까이 옴. 이 '근접성'이 바로 타자에 대한 책임성을 생산한다. 레비나스에 의하면 이것은 "사로잡히는 책임, 사로잡힘의 책임"이다. 그리하여 사랑은 능동적 지배가 아니라, 타자 앞에 겸손히 엎드리는 것이다. 그 자리에서 타자에 대한 '환대'가 생겨난다. 그러나 이 엎드림은 얼마나 어려운가. 그래서 사랑은 궁극적으로 감성이 아니라 의지이고 고통이다.

작은 자의 힘

다운증후군 아들을 둔 어느 시인의 이야기이다. 그의 아들은 현재 스물일곱 살의 청년인데 지능과 몸집은 초등학교 4~5학년 정도밖에 안 된다. 자식이 다운증후군이라는 사실을 처음 알았을 때, 시인은 장애아를 둔 여느 부모들처럼 이를 받아들이기 어려웠다. 무엇보다 사실 자체를 감당할 수 없었고, 어마어마한 치료비와 특수교육비도 큰 부담이었다. 빚을 내가며 오랫동안 치료와 교육에 매달렸지만 결과는 그리 좋지 않았다. 의사는 아무리 치료가 잘되더라도 결국 초등학교 4~5학년 이상의 지능을 가질 수 없다고 선언하였다. 거기까지였다. 더 이상 아무것도 할 수 없다는 현실에 억장이 무너졌다. 절망의 끝에서 시인 부부는 안타깝게도 여러 번 자발적 죽음을 생각했다. 그러나 운명은 이들을 절벽으로 내몰지 않았다. 벌써 27년의 세월이 흘렀다. 현실을 거부하던 시인 부부는 현실을 조금씩 수용하면서 고통의 터널을 어렵게 지나왔다.

늘 집 안에 갇혀 살던 청년이 처음 사회생활을 한 것은, 시인의 친구가 사장으로 있는 어느 공장에서였다. 친구의 권유와 도움으로 청년은 매일 공장에 출근하여 하루 종일 나사 닦는 일을 하였다. 흐린 하늘에 눈이 내리던 어느 겨울, 공장에 나간 지 며칠 지나지 않아서였다. 시인 아빠는 얼굴에 기름칠을 한 채 나사를 닦고 있는 아들을 찾아갔다. 아들 옆에 말없이 앉아 자기도 나사를 닦아보았다. 장애인 아들이 하기에는 너무나 힘든 일이었다. 시인 아빠는 끝내 울음을 터뜨리고 말았다. 아들의 손을 잡고 집에 가자고 하였다. 그러나 아들은 어느새 그 일에 흠뻑 빠져서 집에 가기를 완강히 거부하는 것이었다. 이렇게 하여 그는 서서히 연봉 천만 원을 받는 노동자가 되어갔다. 그렇게 5년의 세월이 지나갔다. 청년이 번 돈은 청년의 통장에 고스란히 저축되었다.

어느 날 우연히 청년은 다니던 성당에서 다른 장애인들과 바리스타 일을 배우게 되었다. 그는 또 이 일에 빠져들었다. 수많은 시행착오를 거쳐 능숙하게 커피를 내리게 된 지금, 그는 경기도 안산에 있는 한 작은 카페의 사장이 되었다. 물론 카페의 운영은 부모의 몫이다. 그러나 그의 공식 직함만큼은 어엿이 사장이다. 아빠는 아르바이트생을 고용해 다운증후군 아들과 함께 일하도록 하고 있다. 시인 아빠에 의하면, 오픈한 지 일 년여가 된 카페는 지금도 매월 100만 원가량의 적자를 보고 있다. 그래도 앞으로 4년은 더 버틸 수 있다며 시인 아빠는 웃는다. 아들이 공장을 다니며 모아놓은 돈이 아직도 꽤 남아 있기 때문이다.

한때 자발적 죽음의 문턱까지 갔던 시인 아빠와 엄마는 요즘 이 아들에게서 깊은 치유의 기쁨을 얻고 있다. 아빠, 엄마가 청년을 돌보는 게 아니라 거꾸로 장애인 아들로부터 이들이 삶의 동력을 얻고 있다. 고난의 세월을 거쳐 온 아들의 가슴속엔 신기하게도 사랑밖에 없다. 그는 비장애인들이 자신을 함부로 대할 때면, 화를 내기는커녕 오히려 잘못했다고, 자신을 용서해달라고 말한다. 그의 인생관은 단순하고 명쾌하다. 사람은 서로 사랑해야 하고, 열심히 일을 해야 하며, 열심히 공부해야 한다는 것이다. 카페 일이 끝난 후 집에 돌아와서도 늘 일거리를 찾는다. 설거지부터 시작해 집 안 청소 등, 도대체 가만히 있지를 않는다. 보다 못한 시인 아빠가 만류할 때까지 말이다. 아들이 말하는 공부란 다름 아닌 성경 읽기이다. 신명이 좋은 시인 아빠가 기타라도 치며 놀고 있으면, 아들이 다가와 "아빠, 사람은 공부를 해야 해." 하면서 성경책을 내민다. (특정 종교 이야기가 아니다. 그것이 불경이면 어떠랴.)

이 청년이 제일 좋아하는 놀이는 '신부(神父) 놀이'이다. 시인 아빠는 아들을 위해 작은 방 하나를 미니 예배당으로 꾸며주었다. 이 방에는 강대상도 있고 양쪽에 큰 초도 놓여 있다. 장애인인 아들은 스스로 사제가 되어 비장애인인 엄마, 아빠, 그리고 동생 앞에서 기도를 한다. "서로 사랑하게 해주세요." "열심히 일하게 해주세요." "열심히 공부하게 해주세요." 이것이 청년이 매일 하는 기도다. 이 기도로 나머지 가족이 큰 힘을 얻는다. 작은 자가 때로 큰 자를 이긴다.

샤갈의 눈썰매

샤갈은 자신의 조국 러시아를 떠나 주로 파리에서 활동했다. "러시아에는 색채가 없다."라던 그에게 파리는 "예술의 태양이 뜨는 유일한 도시"였다. 그러나 그는 고향인 러시아 서부의 작은 도시 비테프스키를 늘 그리워했다. 그의 작품 〈러시아 마을〉은 아마도 한겨울 비테프스키의 풍경을 재현한 듯하다. 그의 말대로 눈 덮인 러시아 마을은 '색채'가 별로 없다. 좌우에 서 있는 두 가옥의 벽을 적색과 청색으로 칠했지만, 밝고 화려한 색채의 폭발 같은 샤갈의 그림들을 염두에 두면 이 색깔들은 (상대적으로) 우울하고 칙칙한 느낌을 준다. 인적이 전혀 없는 단순한 구도의 거리엔 눈이 덮여 있고, 썰매를 탄 한 사내가 금방이라도 눈이 쏟아질 것 같은 어둡고 칙칙한 하늘을 대각선으로 날아가고 있다. 이 남자는 도대체 무엇을 찾아, 어디로 가고 있는 것일까.

샤갈의 그림에 나오는 인물들은 대부분 짝을 이루고 있다. 가장 흔한 것이 서로를 부둥켜안고 있는 연인 혹은 부부의 모습이다. 그의 그림에는 시도 때도 없이 부부의 이미지들이 등장한다. 한마디로 말해 샤갈에게 가장 중요한 것은 '사랑'이었다. 제1차 세계대전 발발 직후에 그는 결혼했고, 1944년 아내 벨라가 급성 간염으로 갑자기 사망한 후 9개월 동안 모든 그림을 벽으로 돌려놓고 그림을 그리지 않았다. 자서전에서 그는 이렇게 회고한다. "그녀와 함께 푸른 공기와 사랑과 꽃들이 스며들어왔다. 그녀는 오랫동안 내 그림을 이끌며 나의 캔버스 위를 날아다녔다." 부인이 "예스"라고 말하기 전에는 자신의 그림에 결코 사인을 하지 않았던 샤갈이다. 〈러시아 마을〉이 1929년, 그가 결혼한 후 근 15년이 지나서 그린 그림임을 생각하면, 이 그림은 아직 사랑의 '색채'가 없던 청년기의 자신을 회고한 것이 아닌가 하는 생각이 든다. 혼자 눈썰매를 타고 그는 아직 오지 않았던 사랑을 찾아 우울하고 칙칙한 러시아의 하늘을 날아가고 있었던 것이다.

샤갈의 그림들이 분방한 초현실주의적 경향을 보여줌에도 불구하고 많은 사람들이 쉽게 공감할 수 있는 것은, 그의 그림이 만인의 언어인 '사랑'과 '희망'을 이야기하고 있기 때문이다. 그는 "모든 삶이 종말을 향해 움직인다면, 살아 있는 동안 삶을 사랑과 희망의 색으로 칠해야 한다."라고 했다. 현대 철학을 주도하고 있는 대부분의 사상가들 데리다, 라캉, 푸코, 들뢰즈 등의 공통점은 플라톤 이래 인류가 생산해낸 모든 규범과 권위와 대문자 진리를 회의하며 해체하는 것이다. 그 모든 '견고하고 절대적인 것'들은 이들에 의해 사실상 산산조각이 났다. 이제 그 누구도 유일한 진리, 고정불변의 진리를 함부로 언급하기 어렵게 되었다. 그럼에도 불구하고 우리는 현대 철학의 저변에서 '해체 불가능한' 어떤 것에 대한 사유들이 다시 출현하고 있음을 본다. 낭시, 레비나스, 아감벤, 이글턴 같은 이론가들의 '신학적 전회(轉回)'가 그것이다. 그 모든 것을 해체해도 궁극적으로 해체 불가능한 것이 있다면, 그것은 바로 '사랑'의 개념이다. 해체주의의 기수인 데리다가 후기에 '환대'의 철학을 논한 것도 이런 맥락이고, 영국의 대표적인 마르크스주의 비평가인 이글턴이 십자가에 못 박힌 예수의 사건을 "신성한 테러"라고 부르며, 그 사랑에서 해법을 찾으려 하는 이유가 바로 이것이다.

사랑에도 두 가지 층위가 있다. 개인적 사랑과 사회적 사랑이 그것이다. 사랑은 이 두 층위를 가로지르며 배열되고 조합된다. 이들은 서로 길항(拮抗)하고 보충하며 완성을 향해 간다. 이 중 어떤 것이 배제될 때, 사랑은 힘을 잃거나 위험한 에너지로 전락한다. 사랑은 관계의 확산이고, 확산은 늘 '공통적인 것'을 향해 있다. 합하여 공통적인 것을 두루 잘 만들어 가는 개체들이 진정한 사랑의 주체들이다. 샤갈의 눈썰매는 거기, 어디쯤 날아가고 있을까.

사랑의 재발명

사랑은 가언명령이 아니라 정언명령처럼 우리에게 다가온다. 누구나 사랑받고 사랑하기를 원한다. 그러나 사랑처럼 제대로 실현되지 않는 것도 드물다. 사랑이 지속성을 가지고 그 모든 부정성을 버리며 사랑 자체로 남으려면, (시인 랭보의 말마따나) "사랑은 재발명되어야만 한다." 신을 제외한 모든 것은 근본적으로 변화의 속성을 가지고 있고, 사랑도 예외가 아니다. 사랑은 쉽사리 권태가 되고, 구속이 되며, 폭력이 되고, 나쁜 알리바이가 된다. 그러므로 사랑은 계속 사랑으로 재발명되어야 한다. 우리는 사실 일상생활의 수많은 관계 속에서 지속적인 사랑의 재발명을 하고 있다. 사랑을 재발명하지 않을 때 소통이 중단되고, 소통이 중단될 때 관계가 끊어지기 때문이다. 이렇게 보면 일상생활은 관계로부터 자유롭지 않은 인간들이 끊임없이 사랑을 재발명하는 과정이기도 하다.

사랑의 재발명이 비(非)사랑이 되지 않으려면, 사랑 그 자체의 본질로 계속 돌아가야 한다. 사랑으로의 이 영원한 회귀는 이리하여 인간 존재의 근원적인 삶의 방식이 된다. "진정으로 인간적인 것은 사랑이며, 따라서 이 단어를 두려워하지 말라."라는 레비나스의 명료한 전언은 사랑이 인간성(인간됨)의 보편적 조건임을 잘 말해준다.

사랑 자체로 돌아가려 할 때, 그것을 막는 가장 큰 장애물은 '나'라는 동일자이다. 사랑은 본질적으로 '타자'를 지향하는 것이므로 '나'를 버리지 않을 때 사랑은 실현 불가능한 목표가 된다. 타자를 지향하지 않을 때 관계 자체가 망가지거나 사라지므로, 대부분의 사람은 자신도 모르게 사랑이라는 실현하기 힘든 목표를 향해 분투한다. 우리는 모두 사랑하면서 깨지고 좌절하고 다시 사랑으로 끝없이 돌아가는 존재들이다. 개인적 관계이든 사회적 관계이든, 관계가 파괴된 사람들은 이 복잡한 사랑의 회로에서 무언가 뒤엉킨 사람들이다. 그러니 우리는 사랑의 방식에 대하여 고민하지 않을 수 없다.

프로이트의 심리학을 조금이라도 아는 사람이라면 논리와 이성의 구성물이 인간의 본질이 아님을 안다. 그것은 에고와 초자아가 만들어낸 교과서이며 허상이다. 사랑과 관련된 대부분의 '말싸움'은 주로 이 허상, 논리의 영역에서 벌어진다.

자아는 자신의 불편한 '감정'의 상태를 들여다보고 싶지 않으므로 감추며, 그것을 논리와 이성으로 포장한다. 우리는 1인칭으로 '나'의 상한 감정을 이야기하지 않고, 논리로 '타자'와 다툰다. 우리는 '나'의 논리로 '타자'의 논리와 싸우며, 그 논리가 감추고 있는 나와 타자의 '상처받은' 감정을 서로 들여다보지 않는다. 그러나 본질은 이성과 논리 밑바닥에 억압되어 있는 감정이다. 그 안에 그것을 초래한 비밀의 역사가 숨겨져 있다. 사랑을 재발명하는 데 필요한 모든 자산은 이렇게 의식이 아니라 무의식, 그리고 이성이 아니라 감정 속에 있다. 그 상한 감정의 창고를 잘 들여다볼 때, 서로를 강고하게 위장했던 이성의 방어기제는 무지개처럼 사라진다. 왜냐하면, 이성은 존재의 진정한 표현이 아니기 때문이다.

문제는 사랑의 방식에서 일어나는 대부분의 장애가 가정에서 시작되며 연쇄성을 갖는다는 것이다. 아이가 자라 성인이 되기까지 근 20년에 걸친 긴 기간 동안 아이는 부모의 권위에 의해 일방적으로 선택된 생존 방식을 배워 나간다. 사랑이 결핍되거나 부재한, 혹은 잘못된 사랑이 지배하는 가정은 일종의 '사랑 장애인'을 만들어낸다. 사랑 장애인이 성인이 되어 사회적 관계 속으로 들어갈 때, 큰 혼란과 문제가 발생한다. 충분히 사랑받지 못한 주체는 타자와 성숙한 관계를 맺지 못하며, 공감을 받아보지 못한 주체는 타자의 고통에 공감하지 못한다. 자신을 버리는 사랑을 부모가 보여주지 않을 때, 아이는 이기적 주체로 성장할 가능성이 높다. 레비나스의 말대로 '인간적'이라는 것은 곧 '사랑'을 의미하므로, 사랑에 서툰 사람은 여러 면에서 서툰 인간일 가능성이 높다. 물론 완벽한 사랑을 하는 사람은 없다. 레비나스가 "신앙이란 신의 존재 혹은 비존재의 문제가 아니다. 그것은 대가 없는 사랑이 가치 있다는 것을 믿는 것이다."라고 말한 것처럼, 아무런 조건이 없는 사랑이야말로 최고의 사랑이다. 사람들은 대체로 이런 사랑을 하지 못한다. 우리는 대부분 서툰 사랑 때문에 헤매는 존재들이다. 그러므로 사랑은 끊임없이 재발명되어야 한다. 그리고 그 재발명은 논리가 아니라 타자의 상한 감정을 들여다보는 것에서 시작된다. 사랑은 관계의 언어이다. 관계는 연쇄적이므로 망가진 사랑은 파괴의 연쇄를 가져온다.

잘 살 권리와 사회적 사랑

어느 나무의 이야기

나무는 자신도 모르게 이 세상에 심어졌습니다. 하이데거의 말처럼 누군가에 의해 이 세상에 '내던져진' 것이지요. 나무는 자신을 존재하게 한 대(大)존재의 명령대로 자신의 세포를 분열시키고 기관을 만들며 성장하기 시작했습니다. 비 한 방울 내리지 않는 가뭄에도, 천둥 번개가 치는 검은 밤에도 나무의 목적은 '사는 것'이었습니다. 나무의 세상은 온갖 위험과 공포로 가득 차 있었습니다만, 그 모든 장애물에도 불구하고 나무는 그저 '살아내는' 것만이 목표이었습니다. 나무 주변에는 다른 나무들도 있었습니다. 이미 커질 대로 커진 나무들은 커다란 그늘을 만들어 이 작은 나무가 제대로 자라지 못하게 했습니다. 대지에는 영양분이 제한되어 있었고 그것을 먼저, 많이 차지하는 자만이 살아남을 수 있었기 때문이지요. 주변에는 또한 이 나무와 별다를 바 없이 살아남기 위해 아등바

등하는 어린나무들도 있었지요. 나무는 큰 나무, 작은 나무들과 겨루며 많은 것을 이루어내는 것이 자신의 운명이라고 생각했습니다. 큰 나무의 그늘에 가려졌을 때는 햇빛을 향해 최대한 손을 뻗었습니다. 어떤 때는 통증으로 어깻죽지가 마비될 때까지 손을 내밀었으나 햇빛 한 점 받지 못한 날들도 있었습니다. 그런 날이 며칠 지속되면 이파리가 누렇게 뜨기 시작했고, 나무는 죽음의 징후를 느끼기도 했지요.

나무는 이 모든 위기와 고통과 경쟁의 시간을 거치며 점점 더 튼튼하게 자랐습니다. 큰 나무들이 마침내 수명이 다해 쓰러지는 것도 보았고, 어린나무들이 제대로 자라지 못하고 죽어가는 것도 보았습니다. 어떤 나무들은 병이 들어 수족이 흉하게 뒤틀리기도 했습니다. 나무의 가슴속에도 수많은 고통으로 여기저기 옹이들이 박히기도 했습니다. 그러면서 나무는 스스로 점점 더 높은 수준의 삶을 꿈꾸게 되었습니다. "모든 이론은 회색이고, 푸르른 것은 오직 저 생명의 황금 나무"(괴테)라는 말은 얼마나 멋진가요. 물론 여기에서 '나무'는 일종의 상징이긴 하지만요. 나무는 자신이 '황금 나무'로 완성되기를 꿈꾸었습니다. 나무의 정신이 저 지고한 곳을 향할수록 세상은 더 보잘것없어 보였습니다. 그럴수록 나무의 기준은 점점 더 높아졌습니다. 다른 나무들은 시간이 지날수록 더욱더 황금빛을 띠며 우람하게 커가는 나무를 보고 기가 죽었습니다. 이제 나무의 눈은 예리할 대로 예리해져서 한눈에 사물의 상태를 알아볼 수 있었습니다. 나무가 볼 때 어리석고 부족하기 짝이 없는 나무들이 지천에 널려 있었습니다. 나무는 다른 나무들과 점점 더 멀어졌습니다. 통찰이 부족한 나무들은 이 나무와 가까이 할 수 없었습니다. 왜냐하면 그런 나무들과의 시간은 이 나무에게 견딜 수 없이 지루한 것이기 때문이지요. 나무는 자신이 '황금 나무'가 되는 데 방해가 되는 모든 관계를 멀리했습니다. 정신의 지고한 경지에 이르기 위해서는 시간을 최대한 아껴야 했고, 쓸데없는 일로 에너지를 낭비해서는 안 되기 때문이었지요.

이제 커질 대로 커진 나무는 다른 나무들을 내려다보며 세상의 맨 꼭대기에 있는 태양만 바라보았습니다. 그곳이야말로 나무가 도달할 수 있는 최고의 경지였기 때문이지요. 나무는 빛나는 태양이 자신의 몸속으로 들어와 영혼의 '황금'이 연단되는 것을 느꼈습니다. 지금까지 전혀 경험하지 못한 환희가 나무의 온몸을 물들였습니다. 나무는 황홀경에 빠졌습니다. 아직 갈 길이 멀었지만 나무는 이미 '황금 나무'의 영혼이 어떤 것인지 알아버렸습니다. '세상의 이 모든 어리석은 것들아, 우둔한 영혼들아. 나를 보렴.' 나무가 이렇게 속으로 외치는 순간이었습니다. 갑자기 온 세상이 어두워지기 시작했습니다. 공기조차 검게 물들어 나무는 한 치 앞도 내다볼 수가 없었습니다. 모든 것이 다시 혼돈으로 돌아가는 느낌이었습니다. 바로 그때 벌리서 엄청난 에너지의 불길이 일어나는 것을 나무는 보았습니다. 불길은 순식간에 거대한 칼로 변했습니다. 불의 칼은 순식간에 나무의 정수리를 내리쳤습니다. 나무는 아득한 나락으로 떨어졌습니다. 자신의 몸이 산산조각 나고 있음을 느꼈습니다. 나무는 이렇게 무너졌습니다. 다 무너진 후에야 나무는 알았습니다. 자신의 꿈이 바로 '회색의 이론'들이었음을. 푸르른 '황금 나무'는 저 높은 곳이 아니라, 낮은 곳, 약한 곳, 아픈 곳, 어리석은 곳에 있었습니다. 불의 칼에 쓰러진 나무의 밑동에, 어리고 푸른 이파리 몇 개가 간신히 팔랑이고 있었습니다. 다 죽어가면서 나무는 비로소 알았습니다. 이게, 이것이, '푸르른 생명의 나무'임을.

죽음에 대하여

지인의 도움으로 강원도 산속 조경 농장에서 며칠 지낼 기회를 얻었다. 새 소리, 멀리서 가끔 개 짖는 소리, 새벽의 닭 우는 소리가 전부인 고요의 공간 속에서 나는 우연히 두 죽음을 목격하였다. 어느 날 밤, 개 짖는 소리가 요란해 잠을 설쳤는데 아침에 나가보니 마당 귀퉁이에 커다란 고라니 한 마리가 죽어 있었다. 고라니는 정확히 목 부위에 피를 흘리고 쓰러져 있었는데, 짐작건대 농장에 풀어놓고 지내는 검정개들의 소행이 분명했다. 그날 밤 나는 산속에서 밤새 울어대는 고라니 소리에 내내 잠을 설쳤다. 고라니는 마치 성난 사람이 소리 지르듯 처절하고도 원망스러운 울음을 밤새 쏟아냈다. 그것은 이미 동물의 목소리도 사람의 목소리도 아니었다. 미물인 짐승의 몸은 오로지 슬픔과 원망의 울음통 같아서 마치 다른 생각이나 느낌은 일체 껴들어갈 틈이 없는 것으로 보였다.

또 다른 죽음은 어느 날 아침 산책길에서였다. 작은 길바닥에 큰 제비나비가 죽어 있는 것이 보였다. 가까이 가보니 다른 제비나비 한 마리가 그 옆에 앉아 동료의 시체를 들여다보고 있었다. 살아남은 나비는 날개를 느리게 흔들면서 마치 조문을 하는 것처럼 보였다. 내가 가까이 다가가자 나비는 포르르 날아갔는데, 뒤돌아보니 어느새 다시 가족인지 동료인지 모를 죽은 나비 곁에 내려 앉아 있었다. 세상에, 저 작고 작은 뇌 속에도 죽음에 대한 사유가, 슬픔이 범람하는 감정이 있구나. 슬픔은 만물에 깃들어 있다.

따지고 보면 이 세상은 얼마나 많은 죽음으로 가득 차 있는가. 저 미물들도 죽음과 이별의 슬픔을 저렇게 못 견뎌 하는데, 자칭 '영적 동물'인 인간들은 어떠한가. 일주일 전엔 쌍용자동차의 한 해고 노동자가 세상을 버렸다. 벌써 서른 번째이다. 며칠 전엔 상계동의 한 15층짜리 아파트 옥상에서 같은 학교에 다니는 두 명의 여고생이 몸을 던졌다.

신은 모든 생물의 본능 속에 오로지 살기 위해 몸부림치라는 명령을 심어놓았다. 그리하여 지상의 모든 생물이 극악한 환경 속에서도 그야말로 살기 위해 혼신의 힘을 다하는 모습은, 한편으로 가련하고 다른 한편으로는 장엄하기 짝이 없다. '삶'의 명령을 수행하기 위해 '죽음'으로 넘어가기를 악착같이 거부하는 본성은 인간이라는 '생물'의 경우에도 예외가 아니다. 우리는 모두 죽지 않기 위해 먹고, 죽어라 일하고, 고통과 분노와 좌절과 싸운다. 그러다 어느 순간 스스로 죽음을 선택할 때, 즉 본능의 바퀴를 거꾸로 돌릴 때 모든 것이 무너지고 만다. 한 세계의 사라짐은 한 우주의 사라짐이다. 현대 캐나다 원주민 작가인 리 매러클(L. Maracle)의 《레이븐송》이라는 소설에는 다음과 같은 문장이 나온다. "모든 개체들이 다 공동체에 소중하다. 한 사람을 잃는 것은 무리(circle)의 한 조각을 잃는 것이고, 그것은 다른 어떤 것으로도 대체 불가능하다." 자연사를 대하는 북미 원주민의 태도가 이러할진대, '사회적' 죽음을 대하는 우리의 태도는 어떠한가. 2003년 이래 자살률 세계 1위라는 불명예를 지속하고 있는 한국 사회는 도대체 어디로 가야 하는가. 자살 이외에도 한국 근현대사는 전쟁과 양민 학살의 끔찍한 폭력으로 점철되어 있다. '삶'의 본능이 외부로터의 무자비한 폭력에 의해 마구 짓밟힐 때, 그 모든 살아 있던 것들의 절망과 분노와 슬픔은 얼마나 깊었을까.

죽음에 대한 사유는 추상이 아니라 구체, 덩어리가 아니라 개체 단위에서 시작해야 한다. 그러할 때 모든 죽음은 말로 형용할 수 없도록 아프고 슬프다. 죽음에 대한 모든 위로 역시 이 아픔과 슬픔을 온전히 다 경유한 후에 와야 한다. 척박한 식민지의 시인 윤동주는 “잎새에 이는 바람에도” 괴로워하며 “모든 죽어 가는 것들을 사랑해야지”라고 했다. 살려고 하는 모든 존재를 잘 살게 하는 것, 우리 모두의 몫이다.

사적 소유의 유령들

소위 근대에 이르기 전, 주체를 지배한 것은 집단성 그리고 공공성이었다. 사람들은 관계적 삶에 익숙해 있었고, 사적인 것보다는 공적인 시각에서 사람과 사회를 바라보았다. 먼 옛날의 멍석말이와 같은 징벌은 공동체의 암묵적인 합의가 없이는 불가능했을 것이다. 주체들은 공통의 가치를 공유하고 있었고, 그것을 훼손하는 사람들은 집단의 배척을 당했다. 동일성의 논리가 항상 개별성의 논리 위에 있었다. 그러나 근대적 개인들에게 이와 같은 공공성은 구속이고 속박이었다. 근대-주체들은 목숨을 건 부르주아 혁명들을 통해 사적 자유의 공간을 쟁취했다. 그러나 이렇게 '사적' 자유의 공간을 획득한 근대인들은 공동의 영역에서 점점 멀어져갔다. 개별 주체들이 의회민주주의에 모든 것을 떠넘기고 사적 공간으로 흩어질 때, 시스템은 더욱 효율적으로 개체들을 관리할 수 있게 되었다. 개체들 사이의 유대와 연대가 차단될수록 자본과 권력의 지배가 훨씬 용이했기 때문이다. 사적 공간에 갇힌 개체들은 자신들의 '외부'를 상상할 수 없다. 그러할 때 자본 기계와 권력 기계는 개체들을 체세의 편리한 '부품'으로 만든다.

문제는 개별화된 현대-주체들의 극도로 '사유화된' 삶이다. 이들은 관계적 상상력을 상실하고 모든 것을 '사적인' 패러다임으로 읽는다. 가령 이들에게 (철저하게) 사유화된 가정은 그 누구도 침범 못 할 공간이 된다. 그곳에서는 공공의 문법이 통용되지 않으며, 집 '안'에서 일어나는 그 어떤 일도 집 '밖'에서는 알 수 없게 된다. 가정 폭력이 점점 더 극단적으로 가고 있는 데는 이런 이유가 있다. 가정은 공공의 문법이 끼어들 수 없는 '신성한(?)' 공간이어서 오히려 가장 어두운 악의 공간으로 손쉽게 바뀔 수 있다. 그 누구도 이제 자기 담 너머 남의 집 일에 간섭하지 않기 때문이다. 최근 발생한 전처 살해 사건은 사적 공간에서 일어나는 일에 '바깥'의 문법이 얼마나 무력한지를 잘 보여준다. 이혼한 후 전 남편으로부터 4년여 동안 지속적인 살해 위협을 받아왔고, 여섯 번의 이사를 하며 피해 다녔던 여성은 결국 전 남편에게 무참하게 살해당했다. 접근금지법도 아무런 소용이 없었다. 기껏해야 과태료 몇 푼을 내면 그것은 종잇장처럼 쉽게 찢어지는 법이었다. 실제로 육체적 상해를 가하지 않는 이상, 죽이겠다고 협박을 해도 가정이라는 사적 공간에 법이 치고 들어갈 여지는 별로 없었다.

최근 전국의 '비리' 유치원들이 보여주는 사태도 동일한 맥락에서 볼 수 있다. 비리 유치원의 운영자들은 유치원이 정부의 지원을 받는 공공 교육기관이라는 사실을 망각하고 있다. 정작 자신들은 다른 단위 학교의 구성원들과 동일한 권리를 누리는 공교육자들이면서, 자신들이 운영하는 유치원은 철저하게 '사적 소유물'로 인식하고 있는 데서 대부분의 문제들이 파생되었다. 지원과 혜택은 공공 영역에서 받고, 이윤은 철저하게 사유화하는 것이 이들 비리 유치원 운영자들의 모순이다. 이런 정서는 바닥까지 사유화된 공공 영역의 황폐한 풍경을 잘 보여준다. 최근 계속 문제가 되고 있는 대형교회의 세습도 사유화된 상상력이 종교적 공공 영역을 얼마나 비천하게 만드는지 잘 보여준다. 가정, 학교, 교회, 기업에 사적 소유의 유령이 출몰할 때 목숨을 걸고 개인의 자유와 개성을 쟁취했던 근대의 정신은 무참하게 무너진다.

봉건 시대의 집단성이 일정 단계에서 개인들에게 억압과 폭력으로 작용했다면, 이제 개체들은 공공성에서 너무 멀어지면서 스스로를 골방에 유폐시키고 있다. '자유'의 이름으로 쟁취한 사적 공간이 그것을 얻은 광장에서 멀어질 때, 가장 먼저 망가지는 것은 개별 주체들이다. 모든 개체는 다른 개체들과의 관계 속에서 존재한다. 관계적 상상력을 상실한 개체들이 사적 공간의 어두운 욕망에 사로잡힐 때 각 개체뿐만 아니라 공동체 전체가 망가진다.

적을 '발명'하는 사회

《장미의 이름》의 작가 움베르토 에코가 뉴욕에 갔을 때의 일이다. 택시 기사가 그에게 당신 나라의 '적'은 누구냐고 물었다. 에코가 돌이켜보니 이탈리아는 역사상 '외부'의 적이 별로 없었다. 이탈리아는 끊임없이 내부의 적들과 '서로' 싸웠다. 피사와 루카가 싸웠고, 구엘프와 기벨린, 북과 남, 파시스트들과 평화주의자들, 그리고 마피아와 국가가 싸웠다. 에코가 생각하기에 '적'이란 인간 사회에서 매우 의미심장한 존재이다. 왜냐하면 희한하게도 사람들은 적을 통해 자신의 정체성을 확인하고, 그것과 겨뤄 자기 체제의 우월성을 확인하기 때문이다. 아무런 적이 없을 때, 사람들은 적을 '발명'해내고 그렇게 '창조'해낸 적을 '악마화'함으로써 자신들의 존재론적 우위를 확인한다. 가령 극우 스킨헤드들은 자신들의 집단적 정체성을 확실시하기 위해 자기 집단에 속하지 않은 사람들을 적이자 악으로 간주한다. 로마 황제 타키투스는 유대인들을 비난하면서 "우리에게 신성한 모든 것들이 그들에게는 불경하며, 우리에게 불결한 모든 것들이 그들에게는 율법이다."라고 하였다. 에코는 이런 현상들을 '적 발명하기'라고 부른다.

문제는 실제의 적이 아니라 '발명'된 적이다. 발명된 적은 우리의 생존을 '위협'하는 적이 아니라 단지 '차이'의 존재들일 뿐이다. 차이가 용납되지 않을 때 적이 창조된다. 타자를 악마화함으로써 자신을 정당화하는 주체들은 대부분 빈약한 정체성의 소유자들인 경우가 많다. 몰락하는 이념의 소유자들일수록 새로운 가치들을 더욱더 적대시하는 것도 이런 맥락에서이다. 낡은 세계의 마지막 짐꾼들은 자신들의 존재가 희석화되면 될수록 더욱 과격한 방식으로 적을 생산한다. 오로지 적들의 존재 속에서만 자신들의 존재성이 부각되므로, 그들은 더욱 선명한 적을 만들어내며 적과의 극단적인 대립각 속에서 자신들의 존재를 부각시킨다. 그리하여 '사소한' 차이는 그들에게 늘 '근본적인' 문제로 인식되며, 그것의 사소함이 밝혀질 때 자신들의 존재성 역시 사소해지므로 그들은 허기진 맹수처럼 다른 차이를 찾아 나선다. 이것이 적을 발명하는 주체들의 생존 방식이다.

이런 식의 적 만들기는 사실상 일상사이다. 우리는 일상생활에서 차이의 타자들을 견디지 못하고 적들을 만들어내며 배제한다. 적 발명하기가 공공 영역에서 발생할 때 문제는 더 커진다. 공공 행위는 국가 단위에서 벌어지므로 그 규모와 여파가 방대하다. 자기 집단의 생존을 위하여 다른 집단을 적으로 만들 때 국가 단위의 엄청난 에너지가 소진된다. 특히 정치가 정당성 논쟁이 아니라 적 만들기 싸움으로 흘러갈 때 생기는 모든 문제는 고스란히 국가 구성원 전체의 몫으로 돌아간다. 한국 사회를 오래 지배해온 적성(敵性)은 이데올로기를 중심으로 형성되어왔다. 수많은 정권들이 이념을 내밀며 정체성을 세웠고 타자들을 적화(敵化)해왔으며, 지금도 이런 방식의 싸움은 색깔론의 이름으로 지속되고 있다. 그러는 동안 세기는 바뀌었고, 이념을 버린 세계는 전 지구적 자본의 지배 속으로 들어갔다.

차이가 적이며, 타자가 환멸의 존재인 사회에 '출구'는 더디 오거나 없다. 정치가 할 일은 차이를 적으로 만드는 것이 아니라 무엇이 옳은지를 밝혀내는 것이다. 있지도 않은 적의 본질을 타자에게 부여하고 적을 생산할 때, 세계는 지옥이 된다. 에코는 〈적 발명하기〉라는 글의 마지막을 사르트르의 단막극 〈출구 없는 방〉에 대한 언급으로 끝낸다. 이 작품에는 창문도 거울도 없이 밀폐된 방에 갇힌 세 명의 죽은 자들이 등장한다. 이 방 안에는 고문하는 자가 없음에도 불구하고 이들은 끊임없이 고문을 당하고 있다고 느낀다. 이들은 거울 대신에 타자의 얼굴을 보며 서로를 증오한다. 한 등장인물은 다음과 같이 말한다. "우리 모두는 다른 두 사람을 고문하는 자로 행동할 거야." 타자의 '존재' 그 자체가 이들에게는 견딜 수 없는 지옥이었던 것이다.

프랜시스 베이컨과 고통의 보편성

20세기의 가장 일탈적이고 급진적인 화가 중 한 명인 프랜시스 베이컨은 인물화를 많이 그렸다. 그의 인물화에는 대체로 배경이 없다. 그는 배경을 지움으로써 인물 자체에 집중하게 한다. 그의 화폭에서 우리가 만나는 인물들은 온전한 형체를 거의 가지고 있지 않다. 그것들은 뭉개지고 찢어지고 부풀어 올라 있다. 화폭에서 사라진 어떤 '폭력'의 손이 인물들을 절단하고 비틀고 왜곡한다. 인물들은 대부분 빨간색과 검은색 그리고 파란색의 거친 혼합으로 칠해져 있는데, 그것들은 그 자체로 피멍이고 상처이며, 피 흘리고 있는 어떤 '덩어리'들이다. 그의 인물들을 들여다보면 안으로 숨죽이고 있는 비명이 들린다. 그것들은 얻어맞고 채찍질당하고 무작위로 훼손된 짐승들 혹은 '고기' 덩어리 같다. 존엄한 인간의 몸에 '고기'라는 이름을 붙이는 것은 매우 불경한 일이지만, 베이컨은

"고통받는 인간은 고깃덩어리 같다."라고 스스로 말한 바 있다. 《프랜시스 베이컨: 감각의 논리》를 쓴 들뢰즈는 베이컨이 인간의 '동물-되기(becoming-animal)'를 그리고 있다고 설명한다. 들뢰즈가 볼 때, 베이컨의 슬로건은 '고기를 연민하라(Pity the meat)!'이다. 들뢰즈는 이어서 다음과 같이 말한다. "고기야말로 베이컨이 가지고 있는 연민의 주요 대상이다. 고기는 죽은 살(flesh)이 아니다. 그것은 살아 있는 살의 모든 고통을 보유하고 있으며 모든 색깔을 띠고 있다. 그것은 살의 발작적인 고통과 취약성(상처받기 쉬움)을 분명히 나타낸다."

베이컨의 '사도마조히즘(가학피학증)'적인 고통은 그의 성적 취향과 연관이 있다. 그의 그림의 지워진 배경 속에는 어려서 어머니의 치마와 속옷을 입고 놀다가 아버지에게 혼찌검이 났던 베이컨의 '어린아이'가 있다. 그는 동성애자였으며, 그의 오랜 애인이었던 조지 다이어는 베이컨이 (화가로서의 명성이 정점에 올라) 1971년 10월 파리에서 첫 번째 회고전을 열기 바로 전날 밤 호텔에서 자살을 한다. 그가 죽은 후 베이컨은 강박적으로 다이어의 초상화들을 그렸는데, 그것들에 등장하는 다이어의 모습은 뭉개지고 지워져서, 사람인지, 동물인지 아니면 고깃덩어리인지 분간이 가지 않는다. 들뢰즈의 말대로 그 그림들 속의 조지는 '발작적인 고통과 취약성'에 갇힌 나약한 몸을 보여준다.

베이컨은 자기 그림의 내러티브에서 왜 모든 배경을 지워버렸을까. 그는 왜 모든 맥락을 지워버리고 고깃덩어리 같은 고통의 오브제만 재현했을까. 그리고 사람들은 (성적 취향과 무관하게) 왜 베이컨의 그림에 깊이 공감하며 열광할까. 베이컨은 자신의 성적 취향에 대해 오히려 당당했으며 공개적이었다. 그가 자기 그림의 배경에 숨기고 있는 것은 그것이 아니었다. 베이컨의 〈두 형상〉이라는 제목의 그림은 침대 위에서 벌거벗은 채 사랑인지 싸움인지 모를 거친 동작을 하고 있는 두 남성의 모습을 보여준다. 그러므로 그가 배경을 지운 것은 자신을 감추기 위해서가 아니라, 오히려 고통의 '보편성'을 보여주기 위해서였다. 그가 지운 맥락 안에는 인간 삶의 모든 내러티브들이 들어갈 수 있다. 그것은 (칼 융의 표현을 빌면) '페르소나(가면)'에 의해 가려진 어두운 '그림자'의 세계일 수도 있고, 복잡하고 다난한 폭력적 현실 그 자체일 수도 있다. 사람들은 저마다 다른 폭력과 위험에 직면해 있으며, 그것들에 의해 두들겨 맞고 일그러지며 왜곡된다. 그의 그림은 배경을 지움으로써 거꾸로 인간의 품격을 훼손하는 모든 폭력을 자신의 그림 안으로 끌어들인다. 그의 그림이 보여주는 파격(폭력성)은 베이컨 자신의 말대로 "현실 자체의 폭력을 리메이

크하기 위한 시도"이다.

몸은 이런 점에서 상처의 가장 노골적인 지도이다. 말라르메의 시구대로 "육체는 슬프다." 베이컨의 그림에 나오는 다이어는, 죽기 전 벗은 채 변기 위에 앉아 있다가 변기에 고통스럽게 구토를 한 후 쓰러진다. 검고 어두운 그의 그림자도 그 앞에 널브러진다. 상처투성이 그의 몸은 '동물-되기'로 전이되고 있는 사람의 슬픈 결말을 보여준다. 몸은 고통의 마지막 신호가 기록되는 장소이다. 고통에서 자유로운 사람은 없다. 가령, 늙은 몸은 경외의 대상이면서 곡절 많은 슬픔의 기록이다. 전쟁과 가난과 병마가 스쳐간 육체가 몸져누울 때, 마침내 한 우주가 사라진다. 무슨 죽음이든 죽음 앞에서 경망스러워서는 안 되는 이유이다. 지상의 모든 장밋빛 뺨들은 수많은 고통 속에서 뭉개지고 지워지고 형체를 잃어간다. 맥락이 필요 없다. 고통의 보편성이 맥락이다.

잘 살 권리와 사회적 사랑

"목숨을 부지하고 사는 게 왜 그렇게 힘든지 알아? 가솔린이 다 떨어진 채로 달려왔기 때문이야." 수전 손택의 일기에 나오는 말이다. (알랭 바디우가 《윤리학》이라는 책에서 인용한) 18세기 프랑스의 생리학자 비샤의 말에 따르면, 생명이란 "죽음에 저항하는 기능들의 합체"이다. 이런 점에서 새들도, 짐승들도, 꽃들도, 인간들도 모두 생명의 동지들이다. 분주하게 먹을 것을 실어 나르는 개미 떼, 부산하게 꽃들을 찾아다니는 벌들, 먹고살기 위해 쉼 없이 일하는 사람들의 행위는 모두 '죽음에 저항'하는 삶의 방식이다. 자신도 모르게 몸에 내장된 생명의 신호가 모든 생물로 하여금 먹을 것을 찾아 움직이게 한다. 이 행동을 중단할 때 얼마 지나지 않아 죽음이 찾아오기 때문이다. 그래서 '먹는 행위'에는 본능과 치열함과 슬픔의 냄새가 난다. 정신이 숭고한 고통의 시간을 견디고 있을 때조차도 어김없이 찾아오는 육체의 허기는 우리를 저 높은 곳에서 지상으로 다시 끌어내린다.

어느 해 여름, 캠핑장에서 화톳불 앞에 둘러앉아 오순도순 이야기를 나누는 가족을 본 적이 있다. 밤은 점점 깊어가고 새까만 하늘에는 소금밭처럼 별들이 쏟아져 내리는데, 나는 엉뚱하게도 지구 밖 멀리에서 어떤 절대적인 시선이 이것을 내려다보고 있는 상상을 하였다. 생판 모르는 남들이 만나 가족을 꾸리고, '살기 위하여' 열심히 일하고, 먹고, 섹스하고, 자식을 낳고, 늙어가고 병들며, (생의 명령에 따라) 다가오는 죽음에 악착같이 저항하며 살아가는 모습은 얼마나 처연하고 장하며 아름다운가. 캠핑에서 돌아간 후, 그 집의 가장은 천천히 더 늙어갈 것이고, 아이들은 자라 또 다른 가정을 꾸릴 것이며, 그들도 '먹고사느라' 운명의 마지막 순간이 올 때까지 생명의 명령에 순응할 것이다.

그러나 때로 생명의 '가솔린이 다 떨어진 채로 달려'가야 하는 사람들이 있다. 며칠 전에도 80대 부부와 50대 자녀가 빚더미를 피해 자신들의 승용차 안에서 세상을 버렸고, 쪽방촌에 사는 한 60대 남성이 신도림역에서 철로에 몸을 던졌다. 생명의 '가솔린'이 오로지 돈인 현실처럼 인간을 비참하게 만드는 것은 없다. '해고는 살인'이라는 노동자들의 슬로건이 엄살이 아니라 절박하고도 '끔찍한' 현실인 것은 바로 이런 이유에서이다. 어느 생명이 죽고 싶을까. 동력이 다 떨어져도 생명의 세포들은 마지막 순간까지 살기 위하며 몸부림친다. 그런 세포들의 총계인 하나의 몸이 무수한 세포들의 본능을 거부하며 죽음을 향해 갈 때, 한 우주가 무너진다. 그 어둠의 깊이는 아무도 알지 못할 것이다. 짧은 시간을 살아가면서 생명체는 무수한 위험과 공포의 시간에 직면한다. 이때마다 생명체는 오직 '살아야 한다'는 절체절명의 명령을 거역하는 두려움에 휩싸인다.

그러므로 모든 생명은 '잘 살' 권리가 있다. '잘 살 권리'는 살려고 몸부림치는 생명을 귀하게 여기는 시스템 안에서만 지켜진다. 그러나 이런 시스템은 인류 역사상 단 한 번도 '거저' 주어진 적이 없다. 잘 살고 싶은 생명체들이 스스로 나서 자신들의 숭엄한 권리를 주장하지 않는 한, 시스템은 늘 피라미드의 꼭대기에 있는 소수에 의해 가동되어왔다. 힘겨루기에서 밀려난 다수의 개체들은 늘 생존의 위협을 받는다. 부채는 늘어나고, 벌어도 벌어도 생계는 나아지지 않으며, 근심이 사라진 '평온한 저녁'은 늘 저 멀리 있다. "내가 노동할 때 나는 집에 있지 않다."라는 마르크스의 명제는 여전히 유효하다. 안정된 생계를 보장하는 노동은 즐겁다. 그 노동의 현장이 바로 나의 집이나 다름없기 때문이다. 그러나 생계를 해결해주지 않는 현장 노동자의 '진짜' 삶은, 노동이 끝나는 지점에서 시작된다. 노동을 끝내고 돌아오는 집이 바로 그 공간이다. 그런데 그 집이 늘 생존의 불안과 공포와 그로 인한 불화로 가득 차 있다면, 그 생명은 어디로 가야 할까. 생명의 열차에서 뛰어내리는 생명들은 이렇게 해서 만들어진다. 우주가 사라지는 공포를 거쳐 알 수 없는 암흑으로 들어간다는 것은 얼마나 두렵고 무서운 일일까. 사회적 계단의 저 밑바닥에서 더 갈 곳이 없어 어두운 저 너머로 가는 사람들의 소식을 듣는 일은 이래서 견딜 수 없이 괴롭다. 그들의 '가솔린'이 다 떨어지기 전에 손을 내미는 촘촘한 사랑의 그물에 이념의 욕설을 가져다 붙이는 사람들이 있다. 모든 생명은 그 자체로 귀하고 숭고하다. 그리고 그것을 잘 지키는 일은 사상과 이념과 그 모든 철학을 넘어서는 일이다. 그것이 사회적 사랑이다.

'즈음'의 시간

겨우내 꽝꽝 얼었던 연못의 얼음이 천천히 사라졌다. 얼음장 밑에서 부재(不在)의 삶을 살던 작은 붕어들이 물 위에 입술을 내밀고 뽀글뽀글 숨을 쉰다. 붕어들은 '나, 살아 있었어요.'라고 말하는 것 같다. 그 위로 봄비가 떨어진다. 수면 위에 동그라미들이 무수히 그려졌다 사라지고 다시 또 그려진다. 작은 붕어들은 봄비의 풍금 소리를 들을 것이다. 건너편 산 아랫집 닭장의 수탉들은 시도 때도 없이 큰 목소리로 울어댄다. 보지 않아도 안다. 닭들은 홰를 치며 봄 하늘로 금방이라도 날아오를 듯 용을 쓰고 있을 것이다. 겨우 내내 죽은 숲이었던 뒷산에서 고라니들이 목을 길게 빼고 산 아래 사는 사람들 들으라는 듯이 소리를 지른다. '여기, 우리도 있어요.'라고 떠드는 것 같다. 한밤중 검은 숲에서 이름 모를 새들이 끼룩끼룩 운다. 꿩도 아니고, 소쩍새도 아니고, 뻐꾸기도 아닌 저들은 누구일까. 우는 소리가 제법 큰 걸 보면 풍채도 제법 좋을 것 같은 저 밤새들은 내게 아직 이름을 알려주지 않는다. 그러나 저들은 이름 없이도 존재하는 법을 안다. 너무 일찍 나온 개구리들이 개울가에 아직 채 녹지 않은 얼음 사이에서 바들바들 떨고 있다. 지난여름 터진 초록 물감 사이로 떨어지던 작은 폭포는 아직도 제 몸뚱이에 얼음을 주렁주렁 매달고 있다. 멀리 남도에선 연지 바른 입술들을 내밀며 꽃들이 아우성이라는데, 여기 강원도 산골에는 아직 순서를 기다리는 존재들이 봄이 아니라 봄 '즈음'의 시간에서 잠 못 이루고 있다. 봄의 호각소리만 들리면 바로 세상 밖으로 터져 나갈 듯 만물이 퉁퉁 부어오르고 있다.

겨울은 길고도 지루했다. 첫눈을 제외하면 올겨울 이 산골에는 오로지 딱 한 번 백색의 향연이 펼쳐졌을 뿐이다. 마르고 죽고 얼어붙은 시간의 이불이 두툼하게 깔린 풍경은 황량하고 초라했다. 가난한 뼈대를 다 드러낸 세상이 민망해서 나는 밖에도 나가지 않고 책상에만 붙어 있었다. 백석 시인은 "세상 같은 건 더러워 버리는 것"이라 했지만, 버릴 수조차 없는 세상이 그나마 황폐할 때, 게다가 눈조차 내리지 않은 겨울에 우리는 무슨 꿈을 꿀까. "눈이 푹푹 쌓이는" 먼 북방 나라의 "나타샤"를 생각한다고 나타샤가 돌아올 리도 없다. 그리하여 백석은 "혼자 쓸쓸히 앉어" 세상을 버릴 궁리를 했을 것이다. 그리하여 겨울은 망각의 계절이다. 오로지 죽은 것들과 죽은 꿈만 너절한 겨울 공화국에서 생명 있는 모든 것들을 잊고 지낼 때, 그 시간의 먼 끝에서 뭉근 불처럼 봄이 오고 있었던 것이다. 아리스토텔레스는 《기상론(氣象論)》에서 지구를 하나의 거대한 폐에 비유했다. 그에 의하면 지구는 그 커다란 폐로 끊임없이 들숨과 날숨을 내쉰다. 그렇다면 지구는 겨우 내내 얼음처럼 차가운 날숨을 대지 위에 계속 뿜어낸 것인가. 그리하여 만물들의 생각과 흐름과 동작을 정지시키고 그들에게 죽음에 대한 사유를 선사한 것일까. 대지는 생명 없는 것들의 무자비한 풍경을 보여주며 우리로 하여금 '생명'의 '나타샤'를 꿈꾸게 하려던 것이었을까.

수많은 시간의 단위들이 있지만 가장 새롭고 기대로 가득 찬 시간은 '즈음'의 시간이다. 당신을 만나러 나가 당신이 문을 열고 들어오기까지 설레며 기다리던 그 '중간'의 시간, 살아서 계속 움직이던 액체의 시간, 격정을 향해 달려가던 '즈음'의 시간은 죽음의 시간이 아니다. 그것은 관습에서 벗어나는 시간이며, 또다시 뻔해질 미래도 아닌, '미결정'의 시간이고, 유동의 시간이다. '박명(薄明)', '어스름', '여명(黎明)'의 시간들은 변화로 가득 차 있다. 그것들은 '저 너머'로 가기 위해

통통 부어오른 시간, 잘 발효되어 다른 것으로 태어나는 시간이다. 그리하여 지금 아직도 겨울인 이 산골에서 대지의 따뜻한 날숨을 벌써 눈치 채고 붕어와 이름 모를 새들과 고라니들이 잠 못 이루며 들썩이는 것은, '즈음'의 시간이 부채질을 하기 때문이다. '즈음'은 알 수 없는 희망과 꿈과 다른 미래의 시간이다. 헤겔의 《법철학 강요》에 나오는 지혜의 상징, 미네르바의 부엉이도 황혼 어스름, 즉 '즈음'의 시간에 비로소 날기 시작한다. 그러나 생각해 보면 '즈음'이 아닌 시간은 없다. 모든 시간은 현재를 뒤로 밀어내며 미래를 앞으로 끌어당기는 어느 '즈음'에 있다. 그러니 아무 때나 가슴 저리는 것, 죄 아니다.

내가 밥 딜런을 좋아하는 이유

배리를 견디기 혹은 극복하기

배리(背理)를 경험하지 않을 때 우리는 얼마나 행복한가. 모든 것이 논리대로 돌아갈 때 세상은 평안하다. 콩 심은 데 콩이 나고, 팥 심은 데 팥이 날 때, 세상은 의심의 대상이 되지 않는다. 그것은 고향처럼 편안하며 복잡한 생각이 필요 없는 공간이고, 도래할 미래의 모습을 예상할 수 있는 공간이다. 그런 세상이, 그런 세계가 분명히 있다. 그래서 우리는 오늘도 저마다 맡은 일에 최선을 다하며, 논리적 일관성이 지배할 내일을 기대하며 산다. 그러다 엉뚱한 일이 터질 때가 있다. (인간의 머리로서는) 도저히 앞뒤가 맞지 않는 일이 터질 때, 우리는 세계가 일관성이 아니라, 전혀 다른 논리의 동시적 결합으로 이루어져 있기도 함을 확인한다. 철학은 이런 지점에서 시작된다. 가난한 성직자의 아들이 군에서 휴가를 나와 아버지를 도우러 수련회를 갔다가 익사한 사건을 접할 때, 우리는

'도대체 왜?'라는 질문을 던지지 않을 수 없다. 수많은 사람들의 생명을 앗아간 독재자가 골프채를 들고 '푸른 초장'에서 더없이 행복한 시간을 보내는 모습을 볼 때, 그리고 그 옆에서 머리를 조아리는 사람들을 볼 때, 우리는 또 '도대체 왜?'라는 질문을 던지지 않을 수 없다. 궁극적인 진리를 찾기 위해 질문을 멈추지 않았던 소크라테스에게 죽음의 독배가 주어질 때, 세상은 갑자기 낯설어지고, 이해 불가능한 대상이 된다. 죽어라 일하며 위법이라고는 손톱만큼도 하지 않은 사람들이 평생 극단적인 가난에서 벗어나지 못하는 사례는 너무나 흔하다. 권선징악의 원리가 오로지 판타지가 될 때, 그리고 그것을 개인 단위 혹은 사회·국가 단위에서 경험할 때, 세상은 불신의 대상이 된다.

사실 문학이나 철학은 세계의 이와 같은 배리성에 대한 탐구이다. 세계가 간단한 원리로 설명이 가능하고, 또 그런 원리에 의해 정확히 가동될 때, 세계는 더 이상 탐구나 질문의 대상이 아니다. 루카치의 표현처럼 "하늘의 빛나는 별들이 세상의 모든 길을 비추는" 시대는 얼마나 행복한가. 그는 서사시의 시대를 그렇게 정의하지만, 그리고 "행복한 시대는 아무런 철학도 갖지 않는다."라는 그의 주장은 옳지만, (미안하게도) 그런 세계는 처음부터 없었다. 너무나 행복하여 철학이 필요

없던 시대가 도대체 언제 있었단 말인가. 그것은 악몽의 20세기에 루카치의 노스탤지어가 빚어낸 판타지에 불과하다. (신학적) 낙원에서 쫓겨난 이래 인류는 그 자체로 배리적 존재가 되었으며, 그들이 운영하는 세계도 수많은 배리들의 집합체이자 연속체가 되었다.

이렇게 보면, 산다는 것은, 일차적으로는 말도 안 되는 엄청난 배리들을 견디는 것이다. 견딜 수 없는 것을 견디는 것이 인생이라는 명제는 우리를 우울하게 만든다. 그러나 견딜 수 없는 것을 견디는 것이야말로 모든 피조물에게 주어진 운명이다. 그것은 배제한다고 해서 배제되는 것이 아니므로, 존재론적 문제이지 선택의 문제가 아니다. 특히 지극히 개인적 차원에서 순전한 '우연'의 폭력에 의해 일어나는 배리들은, 그 너머의 (신학적) 논리를 이해하기 전까지는 그냥 견디는 것 외에는 달리 방법이 없다. 그러나 이런 '우연성' 외에 사회·정치적 차원에서 시스템에 의해 벌어지는 수많은 배리들 앞에서 우리에게 필요한 것은 '견딤'이 아니라 강력한 '저항'이다. 존재론적 배리도 견디기 힘든 인간들에게 특정 집단에 의한 인위적이고 조직적인 모순·배리·폭력까지 견디라는 것은 인간의 품위를 심각하게 침해하는 권면이다.

인간의 존엄성을 지키기 위해서라도 정치가 '일상'이 되어야 하는 이유가 여기에 있다. 정치는 다양한 세력들 사이의 길항(拮抗)이며, 소수의 계급이 늘 그 헤게모니를 장악한다. 피라미드의 상위 5퍼센트가 나머지 95퍼센트의 존엄한 인간들의 권리와 능력과 희망과 미래를 온통 '말도 안 되는' 배리로 만들 때, 저항하는 인간이야말로 숭고한 인간이다. 사회·정치적 배리가 숭고한 인간을 만든다. 여러 글에서 언급했지만, 소위 '선진' 대한민국에서 가장 후진 동네가 '정치'이다. 그나마 다수 국민의 적극적인 참여로 한국 정치는 겨우 바닥을 면하고 있다. 정치가 직업인 '정치가'들에게 기대할 것은 점점 사라지고 있다. 선진 정치의 '모방' 혹은 최소한의 '위장'조차도 못하는 정치가들의 노골적이고도 저급한 정치 앞에 국민은 절망하고 있다. 그래서 주말이면 온 거리가 자발적 시민들의 정치 행위로 넘치는 것이다. 직업적 정치가들이 눈먼 이기주의자들로 변할 때, 저항적 다중(多衆)이 정치를 대행한다.

'보여주기'와 '보기'

우리의 일상은 보여주기(showing)와 보기(seeing)로 구성되어 있다. 가령 외모를 가꾸고 꾸미는 일은 자기만족적인 측면도 있지만, 보여주고 싶은 욕망의 의식적·무의식적 표현이다. 우리들은 늘 타자들에게 인정받기를 원하며 자신을 알리고 싶어 한다. 이 '알리고 과시하는' 행위가 '보여주기'이다. 보여주기에 몰두하는 자아는 그만큼 타자들에게 인정받지 못했거나, 실제로는 인정받고 있으나 아직도 인정받지 못했다고 생각하는 자아이다. 충분히 인정받은 사람들은 보여주려고 구태여 애쓰지 않으며 그럴 필요도 없다. 그러므로 보여주기의 이면은 늘 다양한 형태의 열등감과 연결되어 있다.

우리는 또한 '보여주기'의 존재이면서 동시에 '보기'의 존재들이다. 우리는 세계를 바라본다. 세계는 우리의 동공 안으로 들어와 우리를 자극한다. 에고(ego)는 생존에 유리한 자극들은 받아들이고, 생존에 방해가 될 것으로 여겨지는 자극들은 거부한다. 여기에 에고의 판단이 항상 개입되는데 이 판단이 항상 옳은 것은 아니다. 가령 우리보다 '잘난' 타자들을 볼 때 우리는 그 타자를 거부할 수도 있고 받아들일 수도 있다. 거부하는 것은 생존 경쟁에서 그 타자가 우리에게 위협이 되기 때문이며, 받아들이는 것은 그 '잘남'을 모방하고 배우는 것이 우리의 생존에 궁극적으로 도움이 된다고 판단되기 때문이다.

다른 각도에서 보면, '보여주기'는 소비하는 행위이고 '보기'는 저축하는 행위이다. '보여주기'는 자산을 밖으로 내어놓는 행위이므로 소비하는 행위이다. 동일한 대상들에게 같은 자산을 반복해서 내놓을 수는 없다. 보여주면 보여줄수록 우리는 점점 더 가난해진다. 마침내 더 보여줄 것이 없을 때, 깊은 열등감이 생겨난다. 반면에 '보기'는 축적하는 행위이다. 많이 볼수록 우리는 더욱 풍요로워진다. 선택할 자원들이 그만큼 많아지기 때문이다. 또한 많이 볼수록 에고의 선택·배제의 기준도 더욱 깊어지고 그 기술도 향상된다. '보기'는 우리를 성숙시킨다.

'보여주기'가 사회 단위에서 극대화될 때 "스펙터클의 사회"(기 드보르)가 형성된다. 스펙터클이 '잘못된 재현물'인 이유는 그것이 현실을 뒤로 미루고 가짜 이미지로 대체하기 때문이다. 스펙터클의 사회는 거대하고도 강력한 이미지들을 생산함으로써 대중을 압도하고 기만한다. 그것은 대중을 '구경꾼'이자 이미지의 소비자로 전락시킨다. 앞에서 '보여주기'가 열등감과 연관이 있음을 이야기했거니와, 정신적으로, 문화적으로 가난한 사회일수록 '보여주기'에 몰두하고 스펙터클의 생산에 몰두한다. 따라서 구호와 현수막이 많을수록 문화적으로 가난한 나라이다.

성숙한 자아는 '보여주기'보다 '보기'를 좋아한다. '보여주기'를 통해 가난해지기보다 '보기'를 통해 풍요로워지기를 원하기 때문이다. '보기'의 여러 가지 예가 있다. 가령 산책하는 것도 좋은 '보기'의 한 예이다. 산책의 시간은 소비하는 시간이 아니라 축적하는 시간이다. 산책을 통해 영혼이 풍요로워지는 것이 바로 이 때문이다. 지독한 산책 중독자였던 19세기 영국 소설가 찰스 디킨스는 글을 쓰다 말고 종종 런던의 밤거리를 헤매곤 했다. 그때마다 걸어간 거리만큼의 이야기가 그의 머릿속에 그려졌다. 그 유명한 《크리스마스 캐럴》도 19세기 런던의 스산한 겨울을 통과한 외로운 산책의 결과였다. 그는 친구에게 이렇게 말했다. "걷는 동안 난 머릿속으로 글을 쓰면서 웃다가, 흐느끼다가 또 흐느끼곤 했지." 산책은 이렇게 무정형의 외부가 한 인간의 내부로 와서 서사(敍事)로 완성되는 과정이다.

책 읽기도 '보기'의 한 방식이다. 고독하고도 느린 독서 속에서 영혼은 천천히 성장한다. 홀로 하는 여행 혹은 말수를 줄인 여행도 '보기'의 한 예이다. 여행은 이런 의미에서 자기를 축적하는 과정이다. '보여주기'를 통해 가난해진 자기를 '보기'를 통해서 다시 보충해주는 행위가 산책이고, 책 읽기이고, 여행이다. 많은 '예외적 개인들'이 산책과 책 읽기와 여행을 좋아하는 이유가 바로 이것이다.

상처와 힐링

언제부터인가 '힐링'이라는 말이 우리 삶의 거의 모든 영역에서 회자되고 있다. 도처에 힐링이라는 기표가 떠다닌다는 것은 우리가 그만큼 아프다는 뜻이다. 얼마나 괴롭고 힘들면, 얼마나 상처가 깊으면 매사에 힐링을 외치겠는가. 힐링이라는 말은 '헬조선'이라는 말과 더불어 우리 사회의 병리 현상을 잘 보여주는 단어이다. 힐링은 이제 우리 모두에게 다급하고 절실한 현실이 되어서 힐링과 관련된 '장사'도 성황이다. 바야흐로 힐링이 산업이 된 것이다. 힐링 여행, 힐링 패키지, 힐링 메뉴, 힐링 캠프, 힐링 연수, 힐링 콘서트, 힐링 뮤지컬, 힐링 문화 체험, 힐링 드라마, 힐링 파크, 힐링 육아교실, 힐링 축제, 힐링 데이트, 힐링 인문학……. 셀 수 없이 다양한 힐링 '상품'들이 성행하고 있다. 이 정도면 우리나라 사람들은 거의 대부분 환자들이라는 것이 아닌가. 도대체 세계 어느 나라에서 이렇게 힐링이 구호가 되고, 상품이 되고, 산업이 되고 있을까.

상처와 힐링에도 개인적·사회적 차원이 있다. 사회 단위의 힐링은 대체로 요원하며 당장 이루어지지 않는다. 그러다 보니 사람들은 사적인 차원에서 힐링을 찾는다. 그러나 구조적인 문제가 힐링 상품의 사적인 소비로 해결될 리 만무하다. 힐링 상품은 소비의 대가로, '힐링 받았다'는 순간의 판타지를 선사한다. 마치 최면술에 걸린 사람처럼 힐링 받았다고 느낄 때, 소비자들은 치유를 받고 있는 것이 아니라, 힐링의 환상을 소비하고 있는 것이다.

힐링 상품에 몰려드는 사람들은 대부분 자신의 내부와 대면하기를 두려워한다. 그것은 마치 괴물의 심연을 들여다보는 것처럼 고통스러운 일이기 때문이다. 그래서 힐링을 찾는 대부분의 사람들은 상처를 들여다보는 대신 회피하고 잊는 편을 택한다. 힐링 상품들은 대부분 일시적으로 이 '회피하기'와 '잊기'를 도와주는 마취제 혹은 진통제 같은 것이다. 그러니 문제는 힐링 받은 여행, 힐링 받은 음식점, 힐링 받은 바닷가의 호텔 등, 힐링 받은 그 모든 공간에서 돌아오는 순간, 다시 그들을 빤히 쳐다보고 있는 상처와 대면하게 되는 것이다. 해결되지 않은 질환은 계속적인 치유를 요구한다. 힐링이 꼬리에 꼬리를 물고 다른 힐링에 대한 요구로 이어지는 이유가 바로 이것이다. 그러니 온 나라가 힐링 문화, 힐링 산업, 힐링 소비로 가득 차게 되고, 사람들은 입만 열면 힐링 이야기를 한다. 문제는 그 어느 힐링 '시장'에도 진정한 힐링은 없다는 것이다.

그러므로 상처를 대면하는 방식에 대해 고민하지 않으면 안 된다. 상처는 달콤한 판타지로 피하거나 덮는다고 치유되는 것이 아니다. 값싼 위로는 짧은 시간으로 끝날뿐더러 상처와 진정으로 대면할 수 있는 기회를 지연시킨다는 점에서 (치유는커녕) 질환을 더욱 깊게 만들 뿐이다. 진짜 치유는 상처와 정면으로 대면하는 데서 시작된다. 상처를 열고 그 내부를 들여다보며 그것의 원인을 고통스럽게 분석할 때 제대로 된 힐링이 시작된다. 물론 이 과정은 마치 쓴 약과도 같아서 괴롭고 견디기 힘들 것이다. 그러나 절망의 바닥까지 내려가지 않는 한, 상처의 원인은 보이지도 않고 실감으로 다가오지도 않는다. 오히려 바닥까지 내려가 모든 것을 다 보았을 때, 되튀어 오르는 것 외에 다른 방법이 없을 때, 상처와의 건강한 싸움이 비로소 시작되는 것이다.

이 경우에도 우리가 잊지 말아야 할 것이 있다. 질환에도 층위가 있다는 사실이다. 사회적 질환과 개인적 질환은 늘 맞물려 있고 뒤섞여 있어서 잘 구분이 가지 않는다. 사회적 질환은 개인의 사적 경험을 통해 해결되지 않는다. 그러나 힐링 산업은 개인적 차이를 무시하고, 시스템의 문제 또한 건드리지 않는다. 그것은 무차별적이고 평준화된 전략으로 치유가 아니라 (망각 요법을 통한) '치유로부터의 도피'를 조장한다. 그러니 시장에서 값싼 위로를 기대하며 부족한 시간과 재원을 낭비할 일이 아니다. 진정한 힐링은 환부와 고통스럽게 대면하는 '외로운' 시간에서 시작되기 때문이다.

유토피아의 힘

유토피아의 그리스어 어원은 '없는(ou-)' '장소(toppos)', 즉 '없는 곳(no-place)'이다. 실제로 존재하지 않으나 누구나 소망하는 상상의 공동체가 유토피아다. 인류는 유사 이래 늘 이 세상에 '없는 곳'을 꿈꾸어왔고, 그 '없는 곳'은 항상 이곳보다 더 '좋은(eu-)' '장소(toppos)', 즉 더 '좋은 곳'이었다. 이 세상에 없는, 더 좋은 곳을 꿈꾸는 것은 이곳이 무언가 부족한 곳, 결핍된 곳이라는 자각에서 비롯되는 것이다. 반(反)유토피아론자들은 '없는 곳'을 꿈꾼다는 점에서 유토피아 욕망을 헛되고 쓸모없는 망상으로 취급해왔다. 그러나 유토피아 욕망은 터무니없는 것이 아니다. 유토피아의 어머니는 '나쁜' 현실, '결핍'의 현실이다. 나쁜 현실 없이 좋은 현실에 대한 욕망은 생기지 않기 때문이다. 이런 의미에서 유토피아의 뿌리는 현실이다. 유토피아는 현실에 대한 '부정적' '비판적' 시각에서 생겨나는 것이다.

인류의 역사를 돌이켜보면 모든 현재는 과거의 유토피아였다. 가령 노예제사회에서 볼 때 근대 시민사회는 실현 불가능한 유토피아였다. 그러나 그것은 오랜 시간을 통해 성취되었다. 이런 점에서 유토피아는 앞으로 도래할 그 무엇이다. 그것은 다가오는 현재다. 그러나 현실이 된 유토피아는 다시 결핍을 드러낸다. 왜냐하면 또 다른 유토피아가 결핍의 현실이 된 유토피아를 되비추기 때문이다. 이런 점에서 인류의 역사는 유토피아가 실현되어온 역사이고, 사라진 역사다. 유토피아는 항상 현실이 되고 현실 속에서 사라지며, 사라짐과 동시에 또 다른 유토피아를 만들어낸다. 이렇게 유토피아는 '없는 곳'이었다가 '있는 곳'이 되며, '있는 곳'이 되는 순간 다시 '없는 곳'으로 전화(轉化)된다. 유토피아는 비현실⇒현실⇒비현실의 끝없는 연쇄 안에 존재한다.

미국의 농업생물학자이었던 윌리엄 클라크는 "청년들이여 야망을 가져라."는 말을 남긴 사람으로 유명하다. 그러나 클라크가 말했던 '야망'은 세속적 성공과는 다른 것이었다. 이 말이 들어간 문장 전체를 보면 그가 말하고자 했던 '야망'이 무엇인지 금방 드러난다. 그는 이렇게 말했다. "청년들이여 야망을 가져라. 돈이나 이기적인 출세, 사람들이 명성이라 부르는 덧없는 것을 위한 야망이 아니라, 인간이 당연히 되어야만 하는 모든 것의 성취를 위한 야망을 가져라." 그는 '돈이나 이기적인 출세, 사람들이 명성이라 부르는 덧없는 것을 위한 야망'과 '인간이 당연히 되어야만 하는 모든 것의 성취를 위한 야망'을 구분하였다. 전자는 매혹적이지만 성취하기 어렵기 때문에 우리를 끝없이 목마르게 한다. 그것은 오로지 경쟁에서의 승리와 우월성을 통해서 성취된다. 그것은 배타적이며 독점적이다. 이에 반해 후자는 경쟁의 환경에서 벗어나 있다. 그것은 승리와 비교 우위를 지향하지 않는다. 오직 '사람됨'만이 후자의 목표다. 그것은 타자를 억압하지도 지배하지도 않으며, 오로지 인간으로서 당연히 해야 할 것만을 목표로 삼는다. 후자는 겉으로 보기에 덜 매혹적이어서 사람들의 관심을 끌지 못한다. 그러나 거기에는 경쟁 대신에 환대와 사랑이 있다. 그곳에서는 승리가 '능사'가 아니라, 더불어 사는 것이 능사다. 이런 점에서 후자는 '건강한' 유토피아 욕망이다. 사람들이 이런 야망을 가질 때, 그들은 실패의 두려움에서 벗어나 환대와 사랑의 공동체를 꿈꾸게 될 것이다. 없어도 되는 것을 더 이상 갈망하지 않을 것이며, 패배의 두려움을 가지고 무한 경쟁의 전쟁터에 자신을 상품으로 내놓지도 않을 것이다. 그보다 더 중요한 가치들의 세계에서 '진짜 자아'의 실현을 꿈

꿀 것이다. 그들의 가슴은 공포가 아닌 기대로 가득 찰 것이며, 자연스럽게 다른 진짜 자아들과 조금씩 연대해나갈 것이다. 개체의 완성은 오로지 환대에 기초한 '관계' 속에서 이루어진다는 사실을 알기 때문이다. 이것이 진정한 유토피아의 힘이다.

내가 밥 딜런을 좋아하는 이유

가수 밥 딜런이 노벨문학상을 수상했을 때 의견이 분분했다. 그러나 그 모든 논쟁을 비웃듯 미국에서의 밥 딜런 연구는 이제 하나의 학문, '딜런학(Dylanology)'이 되고 있다. 자고 일어나면 수많은 딜런 연구서들과 논문들이 쏟아져 나온다. 심지어 깨알 같은 글씨로 800페이지에 육박하는《밥 딜런 백과사전》까지 나와 있다. 딜런은 대중문화를 자본과 지배 이데올로기의 '시녀'라는 오명으로부터 구해냈고, 대중문화에 숭고성(崇高性)을 부여한 예외적 예술가이다. 딜런 덕분에 대중은 엄숙주의에서 해방되어 흥얼거리고 건들거리면서도 얼마든지 인생의 의미와 전쟁의 광기와 신의 존재에 대해 묵상할 수 있게 되었다.

내가 어렸을 때 밥 딜런의 음악을 처음 듣고 깊이 매혹당했던 이유는, 잘 들리지 않던 가사 때문도, 멜로디 때문도 아니었다. 그의 목소리 자체에서 풍겨 나오는 어떤 '자유'의 냄새 때문이었다. 그것은 규범을 넘어서는 힘이었으며, 통념을 조롱하는 해방의 팡파르였다. 그의 목소리는 가짜 권위, 위선과 거짓을 단번에 교란시키면서 모두가 꿈꾸는 자유와 해방의 공간을 호출하고 있었다. 그의 노래가 불러내는 '저 너머'의 세계는, 우리 모두에게 잠재되어 있는 유토피아 욕망을 자극한다. 그에게 노래는 "개인 교사였고, 현실에 대한 변화된 의식으로 인도하는 가이드였으며, 어떤 다른 공화국, 즉 해방된 공화국이었다."(밥 딜런)

1960년대에 (포크 음악을 통해) 저항의 아이콘으로 추앙을 받던 그가 어쿠스틱 기타를 버리고 일렉트릭을 집어 들었을 때 수많은 포크 애호가들이 그의 '배신'에 분노했다. 그가 70년대 말에서 80년대 초반에 걸쳐 가스펠 음악을 들고 나왔을 때, 사람들은 그를 '예수쟁이'라고 비난했다. 그러나 그로부터 수십 년이 지나 이제 70 후반이 된 그의 역사를 돌이켜보면, 그는 그 이후에도 여전히 '길거리의 평론가'였고, 예수쟁이라 비판을 받기 훨씬 이전부터 그 이후까지 단 한 번도 신에 대한 사유를 중단한 적이 없었다. 그는 '거리의 이데올로기'를 포크라는 단일한 형식에 가두기를 원치 않았을 뿐이며, 모든 사유의 끝장은 결국 신에 대한 사유라는 사실을 일찌감치 알고 있었던 것이다.

1961년부터 2012년까지 발표된 그의 노래 가사를 모은 《밥 딜런 가사집》은 거의 700페이지에 이른다. 그는 이 모든 노래의 가사를 썼을 뿐만 아니라 곡을 붙였고 음반으로 제작했으며, 최근까지 연평균 100회에 이르는 월드 투어 콘서트에서 그것들을 불러왔다. 양적 성취만으로도 그의 생산력은 어마어마하다. 그의 음악 창고는 성경을 위시하여 고골리, 발자크, 모파상, 위고, 디킨스, 마키아벨리, 단테, 루소, 오비드, 바이런, 셸리, 블레이크, 롱펠로, 포, 프로이트, 밀턴, 푸시킨, 톨스토이, 도스토옙스키, 에드거 버로스, 셰익스피어, 로크 쇼트, 쥘 베른, H. G. 웰스, 로버트 그레이브스, 앨런 긴즈버그, 케루악, 잭 런던, 로버트 스티븐스, 스콧 피츠제럴드, 헨리 롤린스 등의 사상과 철학으로 가득 차 있다. 그는 이 무수한 사상과 언어의 창고에서 자신의 철학과 노래와 가사 들을 끌어올린다. 그는 이 모든 과거의 언어들을 다시 뜨개질했으며, 그것들을 자기 시대, 자신의 언어로 변형시켰다.

내가 밥 딜런을 좋아하는 또 다른 이유는 그가 사회 비판뿐만 아니라 뿌리 깊은 자성(自省)의 소유자이기 때문이다. 밖을 향한 그의 예리한 칼날은 항상 같은 강도로 그의 내면을 향해 있다. 〈나는 꿈속에서 성 오거스틴을 보았네〉라는 노래에서 그는 "그 잘난 세상의 왕과 여왕들에게" "슬픈 불평"을 날리지만, 동시에 자신을 "성 오거스틴을 죽인 자들 중의 한 명"이라고 고백한다. 그는 자신에게 분노하여 잠에서 깨어나며 "외로이 고개를 숙이고 운다." 비판은 아픈 자성을 동반할 때 진정성을 얻는다.

너, 어디 있느냐

마침내, 가을이 다 갔다. 한때 나무의 절정은 꽃이었다. 나무는 오로지 꽃이 되기 위해 존재하는 것 같았다. 그러나 꽃을 다 쏟은 후에도 나무의 생애는 끝나지 않았다. 온몸의 초록을 밀어 올려 나무는 지구가 가장 뜨거워진 시간에 가장 뜨거운 생명의 팡파르를 대기 중에 뿌려댔다. 더운 바람에 일렁이는 초록 물결은 지상의 모든 생명들을 어르고 달랬다. 벌레와 뱀과 너구리와 두더쥐의 몸이 초록 그림자 속에서 은밀하게 커갔다. 그것은 가장 풍성한 생명의 잔치였다. 그때도 나무의 끝은 초록일 것이라고 생각했다. 초록은 그 자체로 완전이고 완성이었으므로 나무의 서사는 그것으로 끝이라고 생각했다. 그러나 가을이 되자 나무는 다시 온몸으로 자신을 불태웠다. 봄의 꽃들도 나무의 온몸을 그렇게 태우지는 못했다. 나무의 몸통을 감싸고 화염처럼 불타오르던 잎새들은 어느새 길바닥까지 일렁이는 불꽃들로 가득 채웠다.

나무는 이렇게 매 순간 자신을 다 쏟아낸다. 그리하여 지금 텅 빈 몸으로 서 있는 나무들은 무엇을 더 쏟아낼까. 무엇을 준비 중일까. 작은 계곡 건너 시난봄 이래 보이지 않던 집 몇 채가 나타난다. 초록 이불에 덮여 지붕밖에 보이지 않던 낡은 농가, 존재조차 없었던 키 작은 조립식 주택, 밤에만 먼 불빛으로 빛나던 통나무 별장이 발가벗은 채 오들오들 떨고 있다. 순식간에 초록 이불과 불덩이 같던 융단을 빼앗긴 세계가 부끄러움을 막 알기 시작한 아담처럼 서 있다. 갑자기 속내를 들킨 건 이쪽도 마찬가지여서 수많은 눈길 앞에 선 사람처럼 이쪽의 행동도 어색하고 부자연스럽기 짝이 없다.

어디선가 '너, 어디 있느냐'라고 부르는 소리가 들린다. 나무들은 꽃을 쏟아내고, 초록을 쏟아내고, 불덩이를 다 쏟아낸 다음에 지상의 모든 존재들을 발가벗긴다. 너 어디 있느냐, 라는 질문 앞에 사람들은 몸 둘 바를 모른다. 이제 들어가 숨을 꽃도, 이파리도, 뜨거운 불도 없다. 나무는 스스로 가난해짐으로써 세상의 만물들을 가난하게 만든다. 모든 것을 다 끝낸 순간에도 나무는 무언가를 하고 있다. 그러므로 나무의 속성은 지속이다. 영원한 '과정'만이 나무의 속성이다. 그때마다 나무는 온전히, 완전히, 자신의 끝까지 간다. 완전히 벗어버리고 내려놓음으로써, 더 이상 어찌할 수 없이 헐벗음으로써 나무는 자신을 완전성의 끝으로 내몬다. 이 절체절명의 끝판은 나무 아래 뭇 생명들을 사유(思惟)로 내몬다. 더 이상 구경할 것도, 들을 것도, 볼 것도 없을 때 주체는 자신을 들여다본다. 나무는 온전히 다 떨구어냄으로써 스스로 빈자(貧者)가 된다.

나무의 나신(裸身)은 존재의 거울이다. 나무는 자신의 벗은 몸으로 존재를 비춘다. 가난하고 누추한 영혼들이 나무의 텅 빈 거울에 비친다. 그리하여 모든 것은 죽음을 향해 있음을, 쏟아내고 쏟아내고 또 쏟아낸 다음에 쏟아낼 것은 오직 가난한 정신뿐임을, 나무는 자신을 무화시킴으로써 보여준다. 그리하여 존재의 영도(零度)에서 존재는 비로소 존재를 만난다. 너, 어디 있느냐는 질문에 존재는 더 이상 가난해질 수 없이 가난해진다. 가을이 쳐들어올 때부터 존재들이 쓸쓸함을 느끼는 이유가 바로 이것이다. 꽃 더미와 초록 구름과 불타는 몸이 모두 헛것이었음을 가을이 오기 전에는 아무도 모른다. 너, 어디 있느냐는 물음에 존재들은 꽃잎 뒤에, 초록 그림자 속에, 붉은 화염 속에 자신을 감출 수 있었다. 그것들은 마약처럼 황홀하고 졸음처럼 따뜻해서 존재들은 좀체 그것들 밖으로 나오지 않았다. 그러나 이번에도 나무는 끝장까지 간다. 완전히 벗음으로써 나무는 마침내 존재들을 무위와 무사유의 고치에서 끄집어낸다. 그러나 이것으로 끝이 아니다. 나무는 다시 결빙의 끝길로 들어갈 것이다. 거기에서, 온전히 죽은 자만이 비로소 너, 어디 있느냐는 질문에 온전한 답을 얻을 것이다.

선물의 사회를 향하여

얼마 전 어떤 모임에 초대를 받아 갔다. 작은 망년 모임인 줄 알았다. 그러나 스무 명도 넘는 사람들이 모여 있었고 그 중 대부분은 내가 잘 알지 못하는 사람들이었다. 모임 장소는 작은 이탈리아 음식점이었는데, 한 모퉁이에 조그만 무대가 있었고 그 위에서 세계적(!) 수준의 바이올리니스트와 피아니스트가 나와 연주를 했다. 음식은 포도주를 곁들인 풀코스의 이탈리아 음식이었다. 귀와 눈과 입이 뜻밖의 호사를 했다. 삼겹살에 소주, 그리고 이런 음식들에 어울리는 편하고도 거친 자리를 예상하고 나갔던 나는 무슨 영문인줄 몰라 어안이 벙벙했다. 중간에 들으니 이 모임은 스스로를 '변방 시인'이라 부르는, 지방에 사는 한 가난한 노(老)시인과 그의 지기들을 위한 자리였다. 몇 사람이 십시일반으로 비용을 모아 아무런 대가도 없이 여러 사람들에게 최고의 음악과 음식을 선사한 자리였던 것이다. 무상의 잔치에 참여한 모든 사람들이 마음이 훈훈해져서 돌아갔다.

우리는 교환가치가 최고의 덕목인 세상에서 살고 있다. 임금이란 한 인간의 교환가치를 계량화한 것이고, 시스템은 늘 임금만큼 혹은 임금 이상의 생산성을 요구한다. 이 냉정한 관계에서 교환가치를 상실한 개인들은 아무 때나 대책 없이 버려진다. 버려지지 않기 위해 개인들은 교환에 유리한 스펙 쌓기에 여념이 없다. 지구는 하나의 거대한 시장이 되어버렸고(자본의 전지구화), 상품과 화폐가 국경을 넘어 인간의 몸과 (냉정하게 말하면) 영혼까지 지배한다. 이 무한 경쟁의 시장에서 압도적 다수는 결코 승자가 될 수 없다. (세속적인 의미에서) 성공하는 사람은 늘 소수이고 그 소수가 대부분의 사회적 자산을 독점한다. 후기자본주의, 소비사회, 정보화사회 등으로 불리는 이 거대한 괴물은 이미 개인과 국가 단위를 넘어서 있기 때문에 사실상 통제가 거의 불가능한 상태까지 왔다. 그 안에서 '인간적' 혹은 '인간 지향적' 가치를 찾기란 매우 힘들다. 그것의 심장은 사람이 아니라 화폐이기 때문이다.

이 대목에서 마우스(M. Mauss)의 '선물(膳物)' 개념은 우리에게 새로운 의미를 가져다준다. 북아메리카 원시 부족들에겐 소위 '포틀래치'라 불리는 독특한 선물 문화가 있었다. 이들 사이의 선물은 늘 집단적으로 이루어졌고, 그 단위는 항상 '과도한' 것이었다. 무상을 전제로 한 선물이었지만, 선물은 다른 선물로 '넘치도록' 되돌아왔다. 이런 선물 문화는 사회 전체를 관통하는 것이어서, 정치, 경제, 문화, 종교의 전 영역을 지배했다. 대가 없는 선물 제도는 부족의 구성원들 사이에 조건 없는 신뢰의 문화를 이끌어냈고, 공동체의 자연스러운 결속을 유도했다.

데리다(J. Derrida)는 마우스의 선물 개념을 비판적으로 분석하면서 한 걸음 더 나아간다. 그는 마우스가 "선물과 교환 사이의 양립 불가능성"을 충분히 고려하지 않았다고 비판하며, "교환된 선물은 단지 주고받기에 불과한 것이며, 그것이 선물 개념을 무효로 만든다."라고 주장한다. 데리다에 의하면, (진정한 의미에서의) 선물이란 등가(等價)의 교환이 아니라, 말 그대로 아무런 대가 없이, '값없이' 주는 것이다. 그런데 과연 누가, 아무런 대가 없이, 상환되지 않는 재물을 타자에게, 그것도 넘치도록 줄 것인가. 데리다는 이런 의미에서 선물하는 행위를 일종의 "광기(madness)"라고 명명한다. 그러나 이 광기는 '등가의 교환'이라는 기준으로 읽을 때만 광기이다. 이 광기의 다른 이름은 (대책 없는) 사랑이며, 그런 의미에서 바울이 이야기한 바, 값없이 주어지는 '은혜' 개념과도 통한다.

삭막한 세상살이에서 대가를 요구하지 않는 무상의 선물은 행복과 기쁨의 에너지를 생성한다. 그러나 이 에너지는 개인 단위에서 그칠 일이 아니다. 그것은 사회적 관계 속으로 확산되어야만 한다. 경쟁 사회는 구조적으로 다수의 사회적 약자들을 양산할 수밖에 없다. 행복할 권리가 있으나 구조적 고통 혹은 불행의 몫을 담당하고 있는 사회적 약자들에게 국가가 주는 무상의 선물, 그것의 다른 이름이 '복지'이다. 세계의 심장을 화폐가 아닌 인간에게 돌려주자. '복된' 선물이 답이다.

경계에서의 글쓰기

초판 1쇄 발행	2020년 4월 25일
지은이	오민석
펴낸곳	(주)행성비
펴낸이	임태주
책임편집	정광준
디자인	디자인 스튜디오 [서 - 랍]
출판등록번호	제313-2010-208호
주소	경기도 파주시 문발로 119 모퉁이돌 303호
대표전화	031-8071-5913
팩스	031-8071-5917
이메일	hangseongb@naver.com
홈페이지	www.planetb.co.kr

ISBN 979-11-6471-097-3 (03810)

※ 값은 뒤표지에 있습니다. 잘못 만들어진 책은 구입하신 서점에서 교환해 드립니다.

※ 이 도서의 국립중앙도서관 출판예정도서목록(CIP)은 서지정보유통지원시스템 홈페이지(http://seoji.nl.go.kr)와 국가자료공동목록시스템(http://www.nl.go.kr/kolisnet)에서 이용하실 수 있습니다.(CIP제어번호: CIP2020014816)